STEPHEN KING   THE GREEN MILE   Teil 5

BASTEI
LÜBBE

STEPHEN KING
im BASTEI-LÜBBE-Taschenbuchprogramm:

THE GREEN MILE
13 950 Teil 1 Der Tod der jungen Mädchen
19 951 Teil 2 Die Maus im Todesblock
13 952 Teil 3 Coffey´s Hände
13 953 Teil 4 Der qualvolle Tod
13 954 Teil 5 Reise in die Nacht
19 955 Teil 6 Coffey´s Vermächtnis

13 001 Feuerkind - Roman
13 008 Shining - Roman
13 035 Cujo - Roman
13 043 Trucks - Filmerzählungen
13 088 Katzenauge - Filmerzählungen
13 121 Carrie - Roman
13 160 Nachtschicht - Erzählungen
13 299 Der Werwolf von Tarker Mills - Kalendergeschichten
13 411 The Stand - Roman

THE GREEN MILE
Teil 5

STEPHEN
KING

REISE IN DIE NACHT

Ins Deutsche übertragen
von Joachim Honnef

BASTEI
LÜBBE

BASTEI-LÜBBE-TASCHENBUCH
Band 13 865

Erste Auflage:
September 1996
Zweite Auflage:
November 1996

Deutsche Lizenzausgabe 1996
by Bastei-Verlag
Gustav H. Lübbe GmbH & Co.,
Bergisch Gladbach
Originaltitel: The Green Mile –
Night Journey
Titelbild: © Copyright 1996
by Mark Geyer
Umschlaggestaltung:
Quadro Grafik, Bensberg
Satz: Digital-Offset-Druck
W. Steckstor, Bensberg
Druck und Verarbeitung:
Elsnerdruck, Berlin
Printed in Germany
ISBN 3-404-13865-1

Der Preis dieses Schubers versteht sich
einschließlich der gesetzlichen Mehrwertsteuer.

1

Mr. H. G. Wells schrieb einst eine Geschichte über einen Mann, der eine Zeitmaschine erfand, und ich habe beim Schreiben dieser Erinnerungen entdeckt, daß ich meine eigene Zeitmaschine erschaffen habe. Im Gegensatz zu Wells kann meine jedoch nur in die Vergangenheit reisen – zurück ins Jahr 1932, um genau zu sein, als ich Chefwärter in Block E des Staatsgefängnisses Cold Mountain war –, aber trotzdem ist sie unheimlich wirkungsvoll für all das. Diese Zeitmaschine erinnert mich an den alten Ford, den ich in jenen Tagen fuhr; man konnte sicher sein, daß er schließlich starten würde, aber man wußte nie, ob ein Drehen des Schlüssels genügte, um den Motor anzulassen, oder ob man aussteigen und kurbeln mußte, bis einem praktisch der Arm abfiel.

Ich hatte viele leichte Starts, seit ich damit begann, die Geschichte von John Coffey zu erzählen, aber gestern mußte ich kurbeln. Ich nehme an, das lag daran, daß ich bei Delacroix' Hinrichtung angelangt war und ein Teil meines Verstandes das nicht noch einmal durchleben wollte. Es war ein schlimmer Tod, ein *schrecklicher* Tod, der wegen Percy Wetmore so geschah, wie er geschah. Percy, ein junger Mann, der gern sein Haar kämmte, es jedoch nicht ertragen konnte, ausgelacht zu werden, nicht einmal von einem fast kahlköpfigen kleinen Franzosen, der das nächste Weihnachtsfest nicht erleben würde.

Wie bei den meisten unangenehmen Aufgaben liegt der härteste Teil beim Start. Es spielt keine

Rolle für einen Motor, ob man den Schlüssel benutzt oder die Kurbel; wenn man erst einmal angelassen hat, läuft er so oder so wie am Schnürchen. So war es gestern bei mir. Zuerst kamen die Wörter in kleinen Schüben, dann in ganzen Sätzen, dann in einem Sturzbach. Das Schreiben ist eine besondere und ziemlich furchterregende Form der Erinnerung, wie ich festgestellt habe – es hat etwas Totales, das beinahe an Vergewaltigung grenzt. Vielleicht empfinde ich das nur so, weil ich ein sehr alter Mann geworden bin (was hinter meinem Rücken passierte, wie ich manchmal denke), aber ich bezweifle das. Ich glaube, die Kombination von Bleistift und Erinnerung schafft eine Art praktischen Zauber, und Zauber ist gefährlich. Als jemand, der John Coffey kannte und sah, was er bewirken konnte – bei Mäusen und Menschen –, fühle ich mich sehr berufen, das zu sagen.

Zauberei ist gefährlich.

Jedenfalls schrieb ich gestern den ganzen Tag, die Worte fluteten einfach aus mir heraus, das Solarium dieses hochgejubelten Altenheims wurde durch den Lagerraum am Ende der Green Mile ersetzt, wo so viele meiner Problemkinder auf dem elektrischen Stuhl Platz nahmen, und durch die Treppe, die in den Tunnel unter der Straße führt. Dort konfrontierten Dean und Harry und Brutal und ich Percy Wetmore angesichts Eduard Delacroix' rauchender Leiche, und wir ließen Percy sein Versprechen erneuern, sich nach Briar Ridge zur staatlichen Nervenheilanstalt versetzen zu lassen.

Es gibt immer frische Blumen im Solarium, aber gestern am Mittag roch ich nicht ihren Duft, sondern den Gestank des verbrannten Fleischs des Toten.

Das Geräusch des Rasenmähers unterhalb des Fensters wurde zum dumpfen Klatschen von Wasser, das durch die gewölbte Decke des Tunnels tropfte. Der Ausflug begann. Ich war mit Seele und Verstand, wenn auch nicht mit dem Körper, ins Jahr 1932 zurückgereist.

Ich ließ das Mittagessen ausfallen, schrieb bis ungefähr sechzehn Uhr, und als ich den Bleistift hinlegte, schmerzte meine Hand. Ich ging langsam hinab zum Ende des Flurs im ersten Stock. Dort gibt es ein Fenster, das auf den Parkplatz der Angestellten blickt. Brad Dolan, der Pfleger, der mich an Percy erinnert – und der stets zu neugierig ist, wo ich hingehe und was ich auf meinen Spaziergängen mache –, fährt einen alten Chevrolet mit einem Aufkleber ICH HABE GOTT GESEHEN, UND SEIN NAME WAR NEWT. Der Wagen war weg; Brads Schicht war vorüber, und er war zu dem Kaff gefahren, wo er zu Hause ist. Ich stelle mir einen Wohnwagen mit *Hustler*-Faltblättern an den Wänden und Dixie-Bierdosen in den Ecken vor.

Ich ging durch die Küche hinaus, in der das Abendessen vorbereitet wurde. »Was haben Sie in dieser Tragetasche, Mr. Edgecombe?« fragte mich Norton.

»Eine leere Flasche«, sagte ich. »Ich habe entdeckt, daß die Quelle der Jugend dort unten in den Wäldern ist. Ich gehe jeden Nachmittag um diese Zeit dorthin und hole mir ein bißchen Quellwasser. Ich trinke es vor dem Schlafen. Guter Stoff, das kann ich Ihnen sagen.«

»Möge es Sie jung halten«, sagte George, der

andere Koch, »aber schöner werden Sie davon auch nicht.«

Wir alle kicherten darüber, und ich ging hinaus. Ich ertappte mich dabei, daß ich nach Brad Dolan Ausschau hielt, obwohl sein Wagen weg war. Ich schalt mich Blödmann, weil er mir so unter die Haut ging, und überquerte das Krocketfeld. Jenseits davon ist ein dürftiges, kleines Putting Green, das in den Werbebroschüren von Georgia Pines viel schöner aussieht, und dahinter windet sich ein Pfad in das Wäldchen östlich des Pflegeheims. An diesem Pfad stehen ein paar alte Schuppen, von denen heute keiner mehr benutzt wird. Ich ging in den zweiten Schuppen, der nahe an der hohen Mauer zwischen dem Gelände von Georgia Pines und dem Georgia Highway 47 steht, und blieb dort für eine Weile.

An diesem Abend aß ich gut, hockte ein wenig vor dem Fernseher und ging früh zu Bett. In vielen Nächten wache ich auf und schleiche mich hinunter in den Fernsehraum, wo ich alte Filme auf dem American Movie Channel anschaue. In der vergangenen Nacht jedoch nicht; gestern nacht schlief ich wie ein Stein und ohne die Träume, die mich verfolgt haben, seit ich meine Abenteuer in Literatur angefangen habe.

All das gestrige Schreiben mußte mich erschöpft haben. Ich bin nicht mehr der Jüngste, wissen Sie.

Als ich aufwachte und sah, daß der Fleck Sonnenschein, der für gewöhnlich um sechs Uhr morgens auf den Boden fällt, es den ganzen Weg bis hinauf zum Fuß meines Bettes geschafft hatte, stand ich rasch auf, so alarmiert, daß ich kaum den arthritischen Schmerz in meinen Hüften und Knien und Knöcheln bemerkte. Ich zog mich schnell an und eilte in den Flur hinunter zu dem Fenster, durch das man den Parkplatz der Angestellten überblicken kann. Ich hoffte, daß der Platz, auf dem Dolan seinen alten Chevrolet parkt, noch leer sein würde. Manchmal kommt er bis zu einer halben Stunde zu spät ...

Kein Glück. Der Wagen war da und glänzte rostig in der Morgensonne. Mr. Brad Dolan hatte in der letzten Zeit einen Grund, pünktlich zu sein, nicht wahr? Ja. Der alte Paulie Edgecombe ging am frühen Morgen irgendwohin, der alte Paulie Edgecombe tat etwas, und Mr. Brad Dolan wollte herausfinden, was es war. *Was treibst du dort, Paulie? Sag es mir.* Er beobachtete mich wahrscheinlich bereits. Es wäre klug, zu bleiben, wo ich war ..., aber das konnte ich nicht.

»Paul?«

Ich fuhr so schnell herum, daß ich fast fiel. Es war meine Freundin Elaine Connelly. Ihre Augen weiteten sich, und sie streckte die Hände aus, wie um mich aufzufangen. Zum Glück für sie bewahrte ich das Gleichgewicht; Elaines Arthritis ist schrecklich, und ich hätte sie vielleicht wie einen trockenen Stock in zwei Hälften gebrochen, wenn ich in ihre Arme gefallen wäre. Die Romantik stirbt nicht, wenn man in das sonderbare Land geht, das jenseits der Achtzig liegt, aber Sie können den Schwachsinn *à la Vom Winde verweht* vergessen.

»Tut mir leid«, sagte Elaine. »Ich wollte dich nicht erschrecken.«

»Schon gut«, erwiderte ich und schenkte ihr ein schwaches Lächeln. »Das ist ein besseres Aufwachen als mit kaltem Wasser. Ich sollte dich anheuern, damit du es jeden Morgen machst.«

»Du hältst Ausschau nach seinem Wagen, nicht wahr? Dolans Wagen.«

Es hatte keinen Sinn, sie anzulügen, und so nickte ich. »Ich wünsche, ich könnte sicher sein, daß er drüben im Westflügel ist. Ich möchte mich für eine Weile davonstehlen, aber ich will nicht, daß er mich sieht.«

Sie lächelte – ein Schatten des Lächelns der zauberhaften Fee, die sie als Mädchen gewesen sein mußte. »Er ist ein neugieriger Bastard, nicht wahr?«

»Ja.«

»Er ist aber nicht im Westflügel. Ich war schon unten zum Frühstück, du Schlafmütze, und ich kann dir sagen, wo er ist, weil ich ihn gesehen habe. Er ist in der Küche.«

Ich schaute sie bestürzt an. Ich hatte gewußt, daß Dolan neugierig war, aber nicht, *wie* neugierig.

»Kannst du deinen Morgenspaziergang auslassen?« fragte Elaine.

Ich überlegte. »Ich könnte es, nehme ich an, aber ...«

»Du solltest es nicht.«

»Richtig. Ich sollte es nicht.«

Ich dachte: *Jetzt wird sie mich fragen, wohin ich gehe, was ich in dem Wäldchen zu tun habe, das so verdammt wichtig ist.*

Aber das tat sie nicht. Statt dessen schenkte sie mir wieder dieses Feen-Lächeln. Es sah seltsam und absolut wundervoll auf ihrem ausgemergelten, vom Schmerz gezeichneten Gesicht aus. »Kennst du Mr. Howland?« fragte sie.

»Klar«, sagte ich, obwohl ich ihn selten sah; er war im Westflügel, was in Georgia Pines fast wie ein Nachbarland war. »Warum?«

»Weißt du, was das Besondere an ihm ist?«

Ich schüttelte den Kopf.

»Mr. Howland«, sagte Elaine und lächelte breiter denn je, »ist einer von nur fünf übriggebliebenen Bewohnern von Georgia Pines, die Erlaubnis zum Rauchen haben. Weil er schon hier war, bevor die Vorschriften geändert wurden.«

Eine Opa-Klausel, dachte ich. Und welcher Ort paßte besser dafür als ein Altenheim?

Elaine griff in die Tasche ihres blauweiß gestreiften Morgenmantels und zog zweierlei hervor: eine Zigarette und ein Zündholzbriefchen. »Fuchs, du hast die Gans gestohlen«, sang sie mit trällernder, lustig klingender Stimme. »Die kleine Ellie wird Pipi ins Bett machen.«

»Elaine, was ...«

»Führe ein altes Mädchen nach unten«, sagte sie, steckte die Zigarette und die Streichhölzer in ihre Tasche zurück und ergriff mit knorriger Hand meinen Arm. Wir gingen eingehakt über den Gang. Ich entschied mich, aufzugeben und mich in ihre Obhut zu begeben. Sie war alt und gebrechlich, aber nicht dumm.

Als wir hinabgingen, mit der gläsernen Vorsicht der Relikte, die wir geworden sind, sagte Elaine: »Warte am Fuß der Treppe. Ich gehe rüber zum Westflügel, zur Toilette dort. Du weißt, welche ich meine?«

»Ja«, sagte ich. »Die beim Bad. Aber warum?«

»Ich habe seit über fünfzehn Jahren keine Zigarette mehr geraucht«, sagte Elaine, »aber mir ist heute danach. Ich weiß nicht, wie oft ich paffen kann, bevor der Rauchmelder dort losgeht, aber ich habe vor, es herauszufinden.«

Ich schaute sie bewundernd an und dachte, wie sehr sie mich an meine Frau erinnerte – Jan hätte vermutlich das gleiche getan. Elaine schaute mich an und lächelte ihr kesses Feen-Lächeln. Ich umfaßte ihren süßen langen Nacken, zog ihr Gesicht zu mir und küßte sie leicht auf den Mund.

»Ich liebe dich, Ellie«, sagte ich.

»Oh, klopf keine großen Sprüche«, sagte sie, aber sie war erfreut, das kann ich Ihnen sagen.

»Was ist mit Chuck Howland?« fragte ich. »Wird er Schwierigkeiten bekommen?«

»Nein, denn er ist im Fernsehraum und sieht sich mit zwei Dutzend anderen Leuten *Good Morning America* an. Ich mache mich dünn, sobald der Rauchmelder im Westflügel Feueralarm auslöst.«

»Fall nicht und tu dir nicht weh, Frau. Ich würde mir nie verzeihen, wenn ...«

»Oh, hör mit deinem Theater auf«, sagte sie, und diesmal küßte *sie mich*. Liebe unter Ruinen. Es klingt vielleicht lustig für einige von Ihnen und grotesk für die anderen, aber ich will Ihnen etwas sagen, meine Freunde: Ulkige Liebe ist besser als überhaupt keine.

Ich schaute ihr nach. Sie ging langsam und steif (aber sie benutzt nur an nassen Tagen einen Stock, und dann auch nur, wenn der Schmerz furchtbar ist; das ist eine ihrer Eitelkeiten). Ich wartete. Fünf Minuten vergingen, dann zehn, und gerade als ich mir sagte, daß sie entweder den Mut verloren oder entdeckt hatte, daß die Batterie des Rauchmelders in der Toilette leer war, legte der Feueralarm im Westflügel mit einem lauten Schnarren los.

Ich machte mich sofort, aber langsam auf den Weg zur Küche – es hatte keinen Sinn, mich zu beeilen, bevor ich sicher war, daß Dolan aus dem Weg war. Eine schnatternde Schar alter Leute, die meisten noch im Morgenrock, kam aus dem Fernsehraum (hier wird es Erholungs-Center genannt; das *ist* grotesk), um zu sehen, was los war. Chuck Howland war darunter, wie ich mit Freude sah.

»Edgecombe!« krächzte Kent Avery, stützte sich mit einer Hand auf seinen Spazierstock und kratzte sich mit der anderen im Schritt seiner Pyjamahose. »Richtiger Alarm oder wieder ein falscher? Was meinst du?«

»Das kann man nie wissen«, erwiderte ich.

In diesem Augenblick trabten drei Pfleger vorbei, alle auf dem Weg zum Westflügel, und brüllten die Leute an der Tür des Fernsehraums an, sie sollten nach draußen gehen und warten, bis Entwarnung gegeben werde. Der dritte Pfleger war Brad Dolan. Er schaute mich nicht mal an, als er vorbeieilte, was mich grenzenlos freute. Als ich weiter zur Küche ging, kam mir in den Sinn, daß das Team Elaine Connelly und Paul Edgecombe es vermutlich mit einem Dutzend Brad Dolans und obendrein noch einem halben Dutzend Percy Wetmores aufnehmen konnte.

Die Köche in der Küche räumten weiterhin das Frühstück ab und schenkten dem Heulen des Feueralarms überhaupt keine Beachtung.

»Mr. Edgecombe«, sagte George. »Ich glaube, Brad Dolan hat Sie gesucht. Sie haben ihn nur knapp verpaßt.«

Zum Glück, dachte ich. Laut sagte ich, daß ich Mr. Dolan vielleicht später sehen würde. Dann fragte ich, ob etwas Toast vom Frühstück übriggeblieben war.

»Gewiß«, sagte Norton, »aber der ist jetzt kalt. Sie sind heute morgen spät dran.«

»Das bin ich«, pflichtete ich ihm bei, »aber ich habe Hunger.«

»Dauert nur 'ne Minute, bis ich eine Scheibe frisch getoastet habe«, sagte George und griff nach dem Brot.

»Nicht nötig, kalt ist prima«, sagte ich, und als er mir zwei Toastscheiben gab (er sah verwirrt aus – alle beiden Köche wirkten verwundert), eilte ich aus der Tür und fühlte mich wie der Junge, der ich einmal gewesen war, als ich die Schule geschwänzt und mit einem im Hemd versteckten Marmeladenbrot in Wachspapier zum Angeln gegangen war.

Als ich die Küche verlassen hatte, schaute ich mich schnell, reflexartig nach Dolan um, sah nichts Beunruhigendes und eilte über das Krocketfeld und das Putting Green und mampfte dabei eine meiner Toastscheiben. Ich wurde ein wenig langsamer, als ich den Schutz des Wäldchens erreicht hatte, und während ich über den Pfad ging, dachte ich an den Tag nach Eduard Delacroix' grauenvoller Hinrichtung.

Ich hatte an diesem Morgen mit Hal Moores gesprochen, und er hatte mir gesagt, daß der Gehirntumor seiner Frau Melinda dazu geführt hatte, daß sie in Fluchen und obszöne Sprache verfiel ..., was meine Frau später als Tourette-Syndrom bezeichnet hatte (eher versuchsweise; sie war sich nicht sicher, ob es das tatsächlich war). Das Zittern seiner Stimme, gepaart mit der Erinnerung daran, wie John Coffey sowohl meine Blaseninfektion als auch das gebrochene Rückgrat von Delacroix' Lieblingsmaus geheilt hatte, veranlaßte mich, die Grenze zwischen dem Gedanken an eine Tat und dem tatsächlichen Tun zu überschreiten.

Und da war noch etwas anderes. Etwas, das mit John Coffeys Händen und meinem Schuh zu tun hatte.

So hatte ich meine Kollegen angerufen, die Männer, denen ich all die Jahre vertraut hatte – Dean Stanton, Harry Terwilliger, Brutus Howell. Sie kamen am Tag nach Delacroix' Hinrichtung zum Mittagessen zu mir nach Hause, und sie hörten mir wenigstens zu, als ich meinen Plan erläuterte. Natürlich wußten sie alle, daß Coffey die Maus geheilt hatte. Brutal hatte es mit eigenen Augen gesehen. So lachten sie mich nicht aus, als ich erklärte, daß ein anderes Wunder geschehen könnte, wenn wir John Coffey zu Melinda Moores brachten. Es war Dean Stanton, der die beunruhigendste Frage stellte: Was war, wenn John Coffey auf seinem Ausflug aus dem Knast flüchtete?

»Und wenn er noch jemanden umbringt?« fragte Dean. »Ich verliere ungern meinen Job und komme ungern hinter Gitter – ich muß Frau und Kinder ernähren –, aber ich hasse noch mehr den Gedanken, ein weiteres totes Mädchen auf dem Gewissen zu haben.«

Schweigen. Alle schauten mich an und warteten auf meine Reaktion. Ich wußte, daß sich alles verändern würde, wenn ich sagte, was ich auf der Zunge hatte; wir hatten einen Punkt erreicht, an dem ein Rückzug wahrscheinlich unmöglich war.

Für mich gab es jetzt schon kein Zurück mehr. Ich öffnete den Mund und sagte:

2

»Das wird nicht passieren.«

»Wie, in Gottes Namen, kannst du dir dessen sicher sein?« fragte Dean.

Ich gab keine Antwort. Ich wußte einfach nicht, wie ich anfangen sollte. Ich hatte gewußt, daß dies zur Sprache kommen würde, natürlich war ich darauf vorbereitet, aber ich wußte immer noch nicht, wie ich ihnen sagen konnte, was in meinem Kopf und Herzen war. Brutal half mir.

»Du meinst, er hat es nicht getan, nicht wahr, Paul?« Er schaute mich ungläubig an. »Du meinst, dieser große Trottel ist unschuldig.«

»Ich bin mir ganz sicher, daß er unschuldig ist«, sagte ich.

»Wie kannst du das sein?«

»Dafür gibt es zwei Gründe«, sagte ich. »Einer davon ist mein Schuh.«

»Dein *Schuh*?« rief Brutal. »Was, in Gottes Namen, hat dein Schuh damit zu tun, ob John Coffey diese beiden kleinen Mädchen ermordet hat oder nicht?«

»Ich zog gestern nacht einen meiner Schuhe aus und gab ihn Coffey«, sagte ich. »Nach der Hinrichtung war das, als die Dinge sich ein bißchen beruhigt hatten. Ich schob den Schuh durch die Gitterstäbe, und er nahm ihn in seine großen Hände. Ich forderte ihn auf, die Schnürsenkel zuzubinden. Ich mußte sichergehen, versteht ihr, denn alle unsere Problemkinder tragen normalerweise Pantoffeln – ein Mann, der wirklich Selbstmord begehen will, kann das mit Schnürsenkeln tun, das wissen wir alle.«

Sie nickten.

»Er nahm den Schuh auf den Schoß und kreuzte die Enden der Schnürsenkel, aber dann wußte er nicht weiter. Er sagte, er sei sich ziemlich sicher, jemand habe ihm gezeigt, wie das geht, als er ein Kind war – vielleicht sein Vater oder einer der Freunde seiner Mutter, nachdem sein Vater abgehauen war –, aber er kriegte es nicht mehr hin.«

Dean ergriff das Wort.

»Mir geht es wie Brutal – ich verstehe nicht, was dein Schuh mit der Frage zu tun hat, ob Coffey die Detterick-Zwillinge ermordet hat oder nicht.«

So ging ich die Geschichte der Entführung und Ermordung der Mädchen noch einmal durch – was ich an jenem heißen Tag in der Gefängnisbücherei gelesen hatte, während mein Unterleib gekocht und Gibbons in der Ecke geschnarcht hatte, und alles, was mir Hammersmith, der Reporter, später erzählt hatte.

»Der Hund der Dettericks war kein großer Beißer, aber Weltklasse als Beller«, sagte ich. »Der Mann, der die Mädchen entführte, hielt den Hund ruhig, indem er ihn mit Würstchen fütterte. Er kroch jedesmal, wenn er ihm ein Würstchen gab, ein bißchen näher, stelle ich mir vor, und während der Köter das letzte Würstchen fraß, packte er ihn am Kopf und brach ihm das Genick.

Als man Coffey später fand, entdeckte der Deputy, der die Posse führte – Rob McGee war sein Name –, eine Wölbung in der Brusttasche des Overalls, den Coffey trug. McGee argwöhnte zuerst, daß es sich um eine Waffe handeln könnte. Coffey sagte, es sei sein Mittagessen, und das war es dann auch – ein paar belegte Brötchen und eine Gewürzgurke, eingewickelt in eine Zeitung und zugebunden mit Bindfaden von einem Metzger. Coffey konnte sich nicht erinnern, wer es ihm gegeben hatte. Er wußte nur noch, daß es eine Frau mit einer Schürze gewesen war.«

»Brötchen und eine Gurke, aber keine Würstchen«, sagte Brutal.

»Keine Würstchen«, bekräftigte ich.

»Natürlich nicht«, sagte Dean. »Die hat er an den Hund verfüttert.«

»Nun, das sagte der Ankläger beim Prozeß«, stimmte ich zu, »aber wenn Coffey sein Mittagessen aufgebunden und ausgewickelt hat, um die Würstchen an den Hund zu verfüttern, wie hat er die Zeitung mit den anderen Dingen wieder mit diesem Bindfaden verschnürt? Ich weiß nicht, wann er dazu überhaupt Gelegenheit hatte, aber lassen wir das im Augenblick mal ausgeklammert. Dieser Mann kann nicht mal einen einfachen Altweiberknoten binden.«

Es folgte langes verblüfftes Schweigen, das schließlich von Brutus gebrochen wurde. »Scheiße«, sagte er leise. »Warum hat keiner das beim Prozeß zur Sprache gebracht?«

»Niemand hat daran gedacht«, sagte ich und dachte wieder an Hammersmith, den Reporter,

Hammersmith, der in Bowling Green das College besucht hatte, Hammersmith, der sich als aufgeklärt bezeichnete, Hammersmith, der mir gesagt hatte, daß Bastardhunde und Neger ungefähr das gleiche waren, daß beide einen plötzlich grundlos anfallen konnten. Er nannte sie *eure* Neger, als wären sie immer noch Besitz . . ., aber nicht *sein* Besitz. Nein, nicht seiner. Niemals seiner. Und zu dieser Zeit war der Süden voller Hammersmith'. »Keiner hatte das geistige Rüstzeug, sich darüber Gedanken zu machen, Coffeys Verteidiger eingeschlossen.«

»Aber *du* hast daran gedacht«, sagte Harry. »Verdammt, Jungs, wir sitzen hier mit Mr. Sherlock Holmes zusammen.« Er klang spöttisch und ehrfürchtig zugleich.

»Nun übertreib mal nicht«, sagte ich. »Ich hätte auch nicht daran gedacht, wenn ich mir nicht zusammengereimt hätte, was er Deputy McGee an jenem Tag sagte und was er sagte, als er meine Blaseninfektion heilte, und was er nach der Heilung der Maus sagte.«

»Was?« fragte Dean.

»Als ich in seine Zelle ging, war ich wie hypnotisiert. Ich hatte das Gefühl, daß ich tun mußte, was er wollte, daß ich es nicht aufhalten konnte, auch wenn ich es versucht hätte.«

»Das gefällt mir nicht«, sagte Harry und bewegte sich unbehaglich auf seinem Platz.

»Ich fragte ihn, was er wollte, und er sagte: ›Nur helfen‹. Ich erinnere mich daran sehr deutlich. Und als es vorüber war und ich mich besser fühlte, wußte er das. ›Ich habe geholfen‹, sagte er. ›Ich habe geholfen, nicht wahr?‹«

Brutal nickte. »Wie bei der Maus. Du sagtest:

›Du hast geholfen‹, und Coffey plapperte es nach wie ein Papagei. ›Ich habe Dels Maus geholfen.‹ Hast du es in diesem Augenblick gewußt, Paul? Das war der Zeitpunkt, nicht wahr?«

»Ja, das nehme ich an. Ich erinnerte mich an das, was er sagte, als McGee ihn fragte, was geschehen war. Es stand fast in jeder Story über die Morde. ›Ich konnte nichts dafür. Ich wollte es zurückhalten, aber es war zu spät.‹ Ein Mann, der das so oder ähnlich sagt und zwei tote Mädchen auf den Armen hält, weiße und blonde Mädchen, ein riesiger Schwarzer wie er, wird leicht falsch verstanden. Sie hörten, was er sagte, in Übereinstimmung mit dem, was sie sahen, und was sie sahen, war ein Schwarzer. Sie glaubten, er legte ein Geständnis ab, daß er unter dem Zwang gestanden hatte, die Mädchen zu entführen, zu vergewaltigen und zu töten. Dann war er zur Vernunft gekommen und hatte versucht, es aufzuhalten . . .«

»Aber da war es zu spät«, murmelte Brutal.

»Ja. Aber in Wirklichkeit versuchte er ihnen zu sagen, daß er die Mädchen gefunden und versucht hatte, sie zu heilen – sie ins Leben zurückzuholen –, und keinen Erfolg gehabt hatte. Sie waren zu lange tot.«

»Paul, glaubst du das?« fragte Dean. »Glaubst du das, bei Gott, wirklich?«

Ich prüfte ein letztes Mal mein Herz, so gut ich konnte, und dann nickte ich. Nicht nur, daß ich es jetzt wußte; ein intuitiver Teil von mir hatte gewußt, daß etwas mit John Coffeys Lage von Anfang an nicht stimmte, als Percy ihn in den Block gezerrt und aus Leibeskräften ›Wandelnde Leiche‹ gebrüllt hatte. Ich hatte ihm die Hand geschüttelt, nicht wahr? Ich hatte nie zuvor einem Mann, der zur Green Mile gekommen war, die Hand geschüttelt, aber Coffey hatte ich die Hand gegeben.

»Allmächtiger!« stieß Dean hervor.

»Dein Schuh ist die eine Sache«, sagte Harry. »Was ist die andere?«

»Kurz bevor die Posse Coffey und die Mädchen fand, kamen die Männer aus dem Wald am Südufer des Trapingus River. Sie fanden eine Stelle mit plattgetretenem Gras, viel Blut und dem Rest von Cora Dettericks Nachthemd. Die Hunde waren eine Zeitlang verwirrt. Die meisten wollten nach Südosten, flußabwärts am Ufer entlang. Aber zwei davon – die schlauen Hunde – wollten stromaufwärts laufen. Bobo Marchant führte die Hunde, und als er die schlauen Hunde an dem Nachthemd schnüffeln ließ, änderten sie mit den anderen die Richtung.«

»Die schlauen Hunde wurden verwirrt, nicht wahr?« fragte Brutal. Ein sonderbares kleines Lächeln spielte um seine Mundwinkel. »Sie sind genaugenommen keine Spürhunde, und sie wußten nicht mehr, was sie tun sollten.«

»Ja.«

»Ich kapiere das nicht«, sagte Dean.

»Die schlauen Hunde vergaßen, was Bobo ihnen zu Beginn der Jagd unter die Nase gehalten hatte«, sagte Brutal. »Als sie zum Flußufer gelangten, verfolgten sie den *Mörder*, nicht die Mädchen. Das war kein Problem, solange der Mörder und die Mädchen zusammen waren, aber …«

Dean dämmerte es, das sah ich an seinen Augen. Harry hatte bereits kapiert.

»Wenn man darüber nachdenkt«, sagte ich, »fragt man sich, wie jemand, selbst eine Jury, die einem herumziehenden Schwarzen das Verbrechen anhängen will, auch nur eine Minute glauben konnte, daß John Coffey der Täter war. Allein der Gedanke, den Hund mit Futter ruhig zu halten, bis er ihm das Genick brechen konnte, geht über Coffeys Verstand hinaus.

Ich nehme an, er war nie näher an der Detterick-Farm als bis zum Südufer des Trapingus. Sechs oder noch mehr Meilen entfernt. Er gammelte herum, wollte vielleicht zur Eisenbahnlinie, um mit einem Güterzug irgendwohin zu fahren – wenn sie von der Bockbrücke kommen, sind sie so langsam, daß man aufspringen kann –, als er im Norden Lärm hörte.«

»Der Mörder?« fragte Brutal.

»Der Mörder. Da hatte er sie vielleicht schon vergewaltigt, oder vielleicht war es die Vergewaltigung, die Coffey hörte. Jedenfalls war die blutige Stelle im Gras der Tatort; dort schlug der Mörder ihre Köpfe zusammen, ließ sie fallen und machte sich davon.«

»Nach Nordwesten«, sagte Brutal. »In die Richtung, in die die schlauen Hunde wollten.«

»Richtig. John Coffey kommt, vermutlich neugierig wegen des Lärms, durch eine Gruppe Erlen, etwas südöstlich der Stelle, wo die Mädchen zurückgelassen worden waren, und er findet ihre Leichen. Eines der Mädchen war vielleicht noch am Leben. Ich nehme an, daß möglicherweise beide noch lebten, wenn auch nicht mehr lange. John Coffey hätte nicht gewußt, ob sie tot gewesen wären, das ist sicher. Er weiß nur, daß er heilende Kräfte in seinen Händen hat, und er versucht, sie bei Cora und Kathe Detterick einzusetzen. Als es nicht gelang, brach er zusammen und heulte hysterisch. Und so fanden sie ihn.«

»Warum blieb er nicht dort, wo er sie fand?« fragte Brutal. »Warum nahm er sie nicht mit nach Süden zum Flußufer? Kannst du dir das erklären?«

»Ich wette, er blieb zuerst an Ort und Stelle«, sagte ich. »Beim Prozeß sprach man von einer breiten zertrampelten Stelle, an der alles Gras plattgetreten war. Und John Coffey ist ein großer Mann.«

»John Coffey ist ein verdammter Riese«, sagte Harry, sehr leise, damit meine Frau nicht sein Kraftwort hörte, wenn sie zufällig lauschte.

»Vielleicht geriet er in Panik, als er sah, daß nicht gelang, was gelingen sollte. Oder vielleicht kam er auf den Gedanken, daß der Mörder noch in der Nähe war, im Wald flußaufwärts, und ihn beobachtete. Coffey ist ein Hüne, aber er ist nicht sehr mutig. Harry, erinnerst du dich, daß er uns bat, nach der Schlafenszeit im Block eine Lampe anzulassen?«

»Ja. Ich erinnere mich, daß ich das angesichts seiner Größe lustig fand.« Harry wirkte betroffen und nachdenklich.

»Nun, wenn er die kleinen Mädchen nicht ermordet hat, wer dann?« fragte Dean.

Ich nickte. »Jemand anders. Ein *Weißer*, schätze ich. Der Ankläger machte eine große Schau daraus, wie stark jemand sein muß, der einen so großen Hund wie den der Dettericks tötet, aber . . .«

»Das ist Unsinn«, sagte Brutus grollend. »Sogar ein zwölfjähriges Mädchen kann einem großen Hund das Genick brechen, wenn es den Hund überrascht und weiß, wo es ihn packen muß. Wenn Coffey es nicht getan hat, dann kann es verdammt fast jeder gewesen sein ... jeder Mann, meine ich. Wir werden die Wahrheit vermutlich nie erfahren.«

»Es sei denn, er tut es wieder«, sagte ich.

»Selbst dann würden wir sie nicht erfahren, wenn er es unten in Texas oder drüben in Kalifornien tut«, wandte Harry ein.

Brutal lehnte sich zurück, rieb sich mit den Händen über die Augen wie ein müdes Kind und ließ sie dann wieder auf den Schoß sinken. »Dies ist ein Alptraum«, sagte er. »Wir haben einen Mann, der vielleicht unschuldig ist – der vermutlich unschuldig ist –, und er geht über die Green Mile, was so sicher ist, wie Gott große Bäume und kleine Fische macht. Was sollen wir dagegen tun? Wenn wir mit diesem Scheiß von heilenden Händen anfangen, wird sich jeder einen Ast lachen, und Coffey landet trotzdem auf dem Grill.«

»Darüber können wir uns später Sorgen machen«, sagte ich, weil ich nicht die geringste Ahnung hatte, was ich ihm antworten konnte. »Jetzt lautet die Frage, was tun wir – oder tun wir nicht – mit Melly. Ich würde vorschlagen, wir denken noch ein paar Tage über die Sache nach, aber ich glaube, daß jeder Tag, an dem wir untätig bleiben, das Risiko erhöht, daß er ihr nicht mehr helfen kann.«

»Erinnerst du dich, wie er die Hände nach der Maus ausstreckte?« fragte Brutal. »›Gib ihn mir, solange noch Zeit ist‹, sagte er. *Solange noch Zeit ist.*«

»Ich erinnere mich.«

Brutal überlegte und nickte dann. »Ich bin dabei. Ich fühle mich auch schlecht wegen Del, aber hauptsächlich will ich sehen, was passiert, wenn er sie berührt. Vermutlich geschieht gar nichts, aber vielleicht ...«

»Ich bezweifle höllisch, daß wir den schwarzen Riesen überhaupt aus dem Block rausbekommen«, sagte Harry. Dann seufzte er und nickte. »Aber was soll's? Ich mache mit.«

»Ich auch«, sagte Dean. »Wer bleibt im Block, Paul? Ziehen wir Strohhalme?«

»Nein, Sir«, sagte ich. »Keine Strohhalme. Du bleibst.«

»Einfach so? Den Teufel werde ich tun!« entgegnete Dean gekränkt und wütend. Er nahm seine Brille ab und polierte sie heftig an seinem Hemd. »Was soll denn diese unfaire Regelung?«

»Diese Regelung berücksichtigt, daß du jung genug bist, um noch Kinder in der Schule zu haben«, sagte Brutal. »Harry und ich sind Junggesellen. Paul ist verheiratet, aber seine Kinder sind erwachsen und stehen auf eigenen Füßen. Wir planen hier ein verdammt verrücktes Ding. Ich nehme an, wir werden fast mit Sicherheit geschnappt.« Er schaute mich nüchtern an. »Eines hast du nicht erwähnt, Paul. Wenn wir es schaffen, Coffey aus dem Knast zu holen, und seine heilenden Hände nicht wirken, dann wird uns Hal Moores persönlich einlochen.«

Er ließ mir eine Chance, etwas darauf zu erwidern, es vielleicht zu entkräften oder zu widerlegen, aber das konnte ich nicht, und so hielt ich die Klappe. Brutal wandte sich an Dean und fuhr fort: »Versteh mich nicht falsch, du kannst deinen

Job ebenfalls verlieren, aber du hast wenigstens eine Chance, am Knast vorbeizukommen, wenn es hart auf hart kommt. Percy wird denken, es war ein Streich; wenn du am Wachpult bist, kannst du sagen, daß du auch an einen Jux gedacht hast und wir dir nie etwas anderes gesagt haben.«

»Es gefällt mir trotzdem nicht«, sagte Dean, aber es war klar, daß er einverstanden war. Der Gedanke an seine Kinder hatte ihn überzeugt. »Und es muß heute nacht sein? Bist du sicher?«

»Wenn wir es tun, *muß* es heute nacht sein«, sagte Harry. »Denn wenn ich die Zeit habe, darüber nachzudenken, verliere ich höchstwahrscheinlich die Nerven.«

»Laß mich das mit dem Krankenrevier erledigen«, sagte Dean. »Soviel kann ich wenigstens tun, nicht wahr?«

»Solange du das Erforderliche tun kannst, ohne geschnappt zu werden«, sagte Brutal.

Dean wirkte beleidigt, und ich klopfte ihm auf die Schulter. »So schnell wie möglich, nachdem du deinen Dienst angetreten hast ... in Ordnung?«

»Aber sicher.«

Meine Frau steckte den Kopf durch die Tür, als hätte ich ihr ein Stichwort gegeben. »Wer möchte noch Eistee?« fragte sie heiter. »Wie steht es mit Ihnen, Brutus?«

»Nein, danke«, sagte er. »Was ich bräuchte, wäre ein guter Schluck Whisky, aber unter den gegebenen Umständen ist das vielleicht keine gute Idee.«

Janice schaute mich an; lächelnder Mund, besorgter Blick. »Wozu stiftest du diese Jungs an,

Paul?« Aber bevor ich mir auch nur eine Antwort überlegen konnte, hob sie die Hand und sagte: »Schon gut, ich will es gar nicht wissen.«

3

Später, als die anderen fort waren und ich mich für die Arbeit anzog, ergriff sie mich am Arm, zog mich herum und schaute mir forschend in die Augen. »Melinda?« fragte sie. Ich nickte.

»Kannst du etwas für sie tun, Paul? Wirklich etwas für sie tun, oder ist alles ein Wunschtraum, hervorgerufen von dem, was du gestern nacht erlebt hast?«

Ich dachte an Coffeys Augen, an seine Hände und daran, wie hypnotisiert ich mich gefühlt hatte, als ich auf sein Drängen hin zu ihm gegangen war. Ich dachte daran, wie er die Hände nach Mr. Jingles' gebrochenem, sterbendem Körper ausgestreckt hatte. *Solange noch Zeit ist,* hatte er gesagt. Und ich sah vor meinem geistigen Auge die schwarzen wirbelnden Dinge, die weiß geworden und verschwunden waren.

»Wir könnten vielleicht die einzige Chance sein, die sie noch hat«, sagte ich schließlich.

»Dann ergreife sie«, sagte meine Frau und knöpfte meine neue Herbstjacke zu. Sie war seit meinem Geburtstag Anfang September im Schrank, aber dies war erst das dritte oder vierte Mal, daß ich sie trug. »Ergreife sie.«

Und sie schob mich praktisch aus der Tür.

4

Ich trat den Dienst an diesem Abend – der sonderbarste Abend meines ganzen Lebens – um sechs Uhr zwanzig an. Ich glaubte immer noch schwach den Geruch von verbranntem Fleisch wahrzunehmen. Es mußte eine Sinnestäuschung sein – die Türen nach draußen, sowohl vom Block als auch vom Hinrichtungsraum, waren den größten Teil des Tages geöffnet gewesen, und die vorherigen beiden Schichten hatten dort stundenlang geschrubbt –, aber das änderte nicht, was meine Nase mir meldete, und ich bezweifle, daß ich etwas hätte essen können, wenn ich nicht solche Heidenangst vor der Nacht gehabt hätte, die vor mir lag.

Brutal kam um sechs Uhr fünfundvierzig zum Block, Dean zehn Minuten später. Ich fragte Dean, ob er zum Krankenrevier gehen und mir ein Heizkissen für meinen Rücken besorgen könnte, den ich anscheinend in der Nacht überlastet hatte, als ich geholfen hatte, Delacroix' Leiche in den Tunnel hinunterzubringen. Dean sagte, er werde das gern tun. Ich glaube, er wollte mir zuzwinkern, aber er hielt sich zurück.

Harry kam drei Minuten vor sieben Uhr zum Dienst.

»Der Truck?« fragte ich.

»Wie abgesprochen.«

So weit, so gut. Es folgte einige Zeit, in der wir beim Wachpult standen, Kaffee tranken und uns bemühten, nicht zu erwähnen, was wir alle dachten und hofften: daß Percy zu spät kam oder vielleicht überhaupt nicht auftauchte. Angesichts der feindseligen Kritik wegen der Art und Weise, wie er die Hinrichtung durchgeführt hatte, war das immerhin möglich.

Aber Percy hielt sich anscheinend an den alten Grundsatz, daß man gleich wieder auf das Pferd steigen soll, das einen abgeworfen hat, denn um sechs Minuten nach sieben Uhr kam er durch die Tür, prachtvoll in seiner blauen Uniform, mit der Waffe an einer Hüfte und seinem Hickory-Schlagstock in dem albernen handgefertigten Holster an der anderen. Er drückte seine Stechkarte und schaute uns (mit Ausnahme von Dean, der noch nicht vom Krankenrevier zurückgekehrt war) mißtrauisch an. »Mein Anlasser ist kaputt«, sagte er. »Ich mußte den Wagen ankurbeln.«

»Armer Junge«, sagte Harry.

»Du hättest zu Hause bleiben und das verdammte Ding reparieren lassen sollen«, sagte Brutal kühl. »Wir wollen doch nicht, daß du deinen Arm überanstrengst, nicht wahr, Jungs?«

»Ja, das hätte dir gefallen, was?« Percy grinste höhnisch, aber ich glaube, er wirkte beruhigt durch Brutals relativ milde Erwiderung. Das war gut. In den nächsten paar Stunden mußten wir mit ihm zurechtkommen – nicht zu feindselig, aber auch nicht zu freundlich. Nach der vergangenen Nacht wäre ihm alles, das auch nur annähernd an Herzlichkeit herankam, verdächtig gewesen. Wir würden seine Wachsamkeit nicht einschläfern können, das war uns allen klar, doch ich sagte mir, daß wir ihn vielleicht ein bißchen einlullen könnten, wenn wir die Dinge richtig angingen. Es war wichtig, daß wir schnell waren, aber es war ebenfalls wichtig – für mich jedenfalls –, daß niemand zu Schaden kam. Nicht einmal Percy Wetmore.

Dean kehrte zurück und nickte mir unauffällig zu.

»Percy«, sagte ich, »ich möchte, daß du in den Lagerraum gehst und den Boden aufwischst. Auch die Treppe zum Tunnel. Dann kannst du deinen Bericht über gestern nacht schreiben.«

»Der sollte kreativ sein«, bemerkte Brutal, hakte die Daumen hinter seinen Gürtel und blickte zur Decke.

»Ihr Jungs seid lustiger als ein Fick in der Kirche«, sagte Percy, aber darüber hinaus protestierte er nicht.

Er wies nicht mal auf das Offenkundige hin, nämlich daß der Boden dort bereits zweimal an diesem Tag geschrubbt worden war. Ich nehme an, er freute sich über die Möglichkeit, von uns fortzukommen.

Ich ging den Bericht der vorherigen Schicht durch, sah nichts, was mich anbetraf, und machte einen Spaziergang zu Whartons Zelle. Er hockte mit angezogenen Knien und um die Schienbeine verschränkten Händen da und schaute mich mit einem strahlenden, feindseligen Grinsen an.

»Wenn das nicht der große Boß ist«, sagte er. »Lebensgroß und zweimal so häßlich. Du siehst glücklicher als ein Schwein in knietiefer Scheiße aus, Boß Edgecombe. Deine Alte hat an deinem Pimmel gezupft, bevor du hergefahren bist, wie?«

»Wie geht's, Kid?« fragte ich mit ruhiger Stimme, und das heiterte ihn wirklich auf. Er ließ seine Beine los, stand auf und reckte sich. Sein

Lächeln wurde breiter, und etwas von der Feindseligkeit verschwand daraus.

»Nicht zu glauben!« sagte er. »Diesmal weißt du meinen richtigen Namen! Was ist los, Boß Edgecombe? Bist du krank oder was?«

Nein, nicht krank. Ich *war* krank, aber John Coffey hatte mich geheilt. Seine Hände wußten nicht mehr, wie man Schnürsenkel zubindet, wenn sie das je gewußt hatten, aber sie kannten andere Tricks. Ja, ganz bestimmt.

»Mein Freund«, sagte ich, »wenn du Billy the Kid statt Wild Bill sein willst, ist mir das einerlei.«

Er blies sich sichtlich auf wie einer dieser widerlichen Fische, die in südamerikanischen Flüssen leben und einen mit den Stacheln auf dem Rücken und an den Seiten fast zu Tode stechen können. Ich hatte es während meiner Zeit auf der Green Mile mit vielen gefährlichen Männern zu tun gehabt, aber wenige waren so abstoßend wie William Wharton gewesen, der sich selbst als großen Outlaw betrachtete, dessen Verhalten im Knast jedoch selten über Pissen und Spucken durch die Gitterstäbe seiner Zelle hinausging. Bis jetzt hatten wir ihm noch nicht den ehrfürchtigen Respekt entgegengebracht, der ihm nach seiner Ansicht zustand, aber in dieser besonderen Nacht wollte ich ihn fügsam haben. Wenn ich ihm dafür Honig ums Maul schmieren mußte, würde ich das gern tun.

»Ich habe viele Gemeinsamkeiten mit dem Kid, und das solltest du besser glauben«, sagte Wharton. »Ich bin nicht hier, weil ich Bonbons aus einem Süßwarenladen geklaut habe.« So stolz wie ein Mann, der von der Heldenbrigade der französischen Fremdenlegion verpflichtet worden war, und nicht wie jemand, der in eine Zelle gesteckt worden war, die fünf lange Schritte vom elektrischen Stuhl entfernt war. »Wo ist mein Abendessen?«

»Komm schon, Kid, im Bericht steht, daß du es um fünf Uhr fünfzig bekommen hast. Hackbraten mit Soße, Kartoffelbrei und Erbsen. So leicht kannst du mich nicht reinlegen.«

Er lachte breit und setzte sich wieder auf die Pritsche. »Dann stell das Radio an.« Er sprach ›Radio‹ aus, wie es Leute scherzhaft taten, damit es sich mit den Slangwort ›Daddy-O‹ der fünfziger Jahre reimte. Komisch, an wieviel man sich erinnern kann, wenn die Nervenstränge so scharf gespannt sind, daß sie fast singen.

»Vielleicht später, großer Junge«, sagte ich. Ich trat von seiner Zelle zurück und schaute den Gang hinab. Brutal war zum fernen Ende geschlendert, wo er sich vergewisserte, daß die Tür zur Gummizelle einfach abgeschlossen war, nicht doppelt. Ich wußte, daß sie es war, weil ich sie bereits selbst überprüft hatte. Später wollten wir die Tür so schnell wie möglich öffnen können. Es würde keine Zeit bleiben, das Gerümpel, das sich im Laufe der Jahre dort angesammelt hatte, zu entfernen wie vor Whartons Ankunft; wir hatten es herausgebracht, sortiert und an anderen Plätzen aufbewahrt, kurz nachdem sich Wharton zu unserer fröhlichen Band gesellt hatte. Wir hatten uns gesagt, daß die Zelle mit den weichen Wänden oft benutzt werden würde, bis ›Billy the Kid‹ über die Green Mile spazieren würde.

John Coffey, der für gewöhnlich zu dieser Zeit dalag, mit dem Gesicht zur Wand, die langen, klobigen Beine über die Kante der Pritsche baumelnd, saß mit verschränkten Händen auf der Pritsche und beobachtete Brutal mit einer Wachsamkeit – einem Dasein –, was untypisch für ihn war. Er heulte auch nicht.

Brutal überprüfte die Tür zur Gummizelle und kehrte dann auf der Green Mile zurück. Er blickte kurz zu Coffey, als er dessen Zelle passierte, und Coffey sagte etwas Merkwürdiges: »Klar, ich führe gern spazieren.« Als antworte er auf etwas, das Brutal gesagt hatte.

Brutals Blick traf meinen.

Er weiß es, konnte ich ihn fast sagen hören. *Irgendwie weiß er es.*

Ich zuckte die Achseln und breitete die Arme aus, wie um zu sagen: *Natürlich weiß er es.*

5

Toot-Toot, der alte Kalfakter, machte mit seinem Karren den letzten Ausflug des Abends nach Block E gegen acht Uhr fünfundvierzig. Wir kauften genug von seinem Mist, um ihn habgierig lächeln zu lassen.

»Sagt mal, Jungs, habt ihr diese Maus gesehen?« fragte er.

Wir schüttelten den Kopf.

»Vielleicht hat der hübsche Junge sie gesehen«, sagte Toot-Toot und nickte in Richtung Lagerraum, wo Percy entweder den Boden aufwischte, seinen Bericht schrieb oder sich am Hintern kratzte.

»Was juckt dich das? Es geht dich ohnehin

nichts an«, sagte Brutal. »Zieh Leine, Toot. Du verpestest die Luft.«

Toot-Toot zeigte sein besonders unangenehmes Grinsen, zahnlos und hohlwangig, und machte eine Schau daraus, die Nase in die Luft zu recken und zu schnüffeln. »Das ist nicht mein Gestank«, sagte er. »Das ist Del, der seinen letzten Furz gelassen hat.«

Kichernd schob er seinen Karren aus der Tür und in den Hof. Und er rollte ihn zehn weitere Jahre, noch lange nachdem ich fort war – Hölle, lange nachdem Cold Mountain fort war –, verkaufte Teilchen und Popcorn an Wärter und an die Häftlinge, die sich das erlauben konnten. Manchmal höre ich ihn sogar jetzt noch in meinen Träumen, wie er brüllt: »Ich brate, ich brate, ich bin ein gerösteter Truthahn!«

Die Zeit dehnte sich, als Toot-Toot fort war, die Uhr schien zu kriechen. Wir ließen anderthalb Stunden lang das Radio laufen, und Wharton lachte wiehernd über Fred Allen und *Allen's Alley*, doch ich bezweifle sehr, daß er viele der Gags verstand. John Coffey saß auf der Kante seiner Pritsche, hatte die Hände verschränkt und blickte fast ununterbrochen zu jedem, der am Wachpult war. Ich habe Leute so bei Greyhound-Haltestellen warten sehen, bevor ihre Busse ausgerufen wurden.

Percy kam gegen elf Uhr aus dem Lagerraum und überreichte mir einen Bericht, den er mühsam mit Bleistift geschrieben hatte. Radiergummikrümelchen hafteten auf dem Blatt Papier an den Stellen, an denen er radiert hatte. Er sah, daß ich mit dem Daumen über die Radierstellen strich, und sagte hastig: »Das ist nur ein erster

Entwurf. Ich werde es noch abschreiben. Was denkst du?«

Ich dachte, daß es die empörendste Beschönigung war, die ich in meinem ganzen Leben gelesen hatte. Aber ich sagte ihm, daß ich es prima fand, und er trollte sich zufrieden.

Dean und Harry spielten Cribbage, sprachen zu laut miteinander, kabbelten sich zu oft über die Punktzahl und schauten ungefähr alle fünf Sekunden zum kriechenden Zeiger der Uhr. Die Luft war so von Spannung erfüllt, daß ich das Gefühl hatte, sie fast meißeln zu können wie Stein, und die einzigen Leute, die es anscheinend nicht spürten, waren Percy und Wild Bill.

Zehn Minuten vor Mitternacht konnte ich es nicht länger ertragen, und ich nickte Dean leicht zu. Er ging mit einer Flasche R.C. Cola, die er von Toots Karren gekauft hatte, in mein Büro und kehrte zwei Minuten später zurück. Die Cola war jetzt in einem Zinnbecher, den ein Häftling nicht zerbrechen kann, um sich dann damit aufzuschlitzen.

Ich nahm den Becher und blickte mich um. Harry, Dean und Brutal schauten mich an. Ebenfalls John Coffey. Percy nicht. Percy war in den Lagerraum zurückgekehrt, wo er sich in dieser besonderen Atmosphäre vielleicht behaglicher fühlte. Ich schnüffelte kurz an dem Zinnbecher und roch nichts außer R.C. Cola, die in jenen Tagen einen seltsamen, aber angenehmen Zimtgeruch hatte.

Ich ging mit der Cola zu Whartons Zelle. Er lag auf seiner Pritsche. Er masturbierte nicht – jedenfalls noch nicht –, hatte jedoch einen Steifen in der Hose und zupfte dann und wann daran wie ein verrückter Baßgeiger, der eine extra dicke E-Saite bearbeitet.

»Kid«, sagte ich.

»Stör mich nicht«, knurrte er.

»Okay«, sagte ich. »Ich habe dir ´ne Cola gekauft, weil du dich den ganzen Abend wie ein Mensch benommen hast – das ist verdammt fast ein Rekord für dich –, aber dann werde ich sie eben selbst trinken.«

Ich tat so, als ob ich genau das tun wollte, und hob den Zinnbecher (verschrammt an den Seiten, weil er oftmals an viele Zellengitter geworfen worden war) an den Mund. Wharton war blitzschnell von seiner Pritsche herunter, was mich nicht überraschte. Es war kein Bluff mit hohem Risiko; die meisten Schweren – und so bezeichneten wir Lebenslängliche, Vergewaltiger und die Männer, die für Old Sparky vorgesehen waren – sind scharf auf Süßes, und dieser hier war keine Ausnahme.

»Gib her, du Arsch«, sagte Wharton. Er sprach, als wäre er der Vormann und ich ein niederer Ranchhelfer. »Gib das dem Kid!«

Ich hielt den Becher gerade außerhalb der Gitterstäbe, damit er hindurchgreifen mußte. Wenn man selbst die Hand durchs Gitter streckt, ist das ein Rezept für eine Katastrophe, wie Ihnen jeder erfahrene Gefängniswärter sagen wird. Dies war etwas, an das wir dachten, ohne zu wissen, daß wir es dachten – wie wir wußten, daß wir uns von den Häftlingen nicht mit Vornamen ansprechen lassen sollten, wie wir wußten, daß das schnelle Klirren von Schlüsseln Probleme im Block bedeutet, weil das Geräusch von einem Wärter verursacht wird, der rennt, und Gefängniswärter rennen niemals, es sei denn, es gibt Zoff im Tal. Das sind Dinge, die Percy Wetmore nie lernen würde.

Heute hatte Wharton jedoch kein Interesse daran, mich zu schnappen oder zu würgen. Er grabschte sich den Zinnbecher, trank die Cola in drei langen Schlucken und rülpste herzhaft. »Ausgezeichnet!« sagte er.

Ich streckte ihm die Hand hin. »Becher.«

Er behielt ihn einen Moment lang mit aufreizendem Grinsen. »Und wenn ich ihn behalte?«

Ich zuckte mit den Schultern. »Dann kommen wir rein und holen ihn uns. Und du wanderst in die kleine Zelle mit den weichen Wänden. Und du hast deine letzte R.C. getrunken. Es sei denn, in der Hölle wird Cola serviert.«

Sein Grinsen verschwand. »Ich mag keine Witze über die Hölle, du Scheißer.« Er stieß den Becher durch die Gitterstäbe. »Hier. Nimm.«

Ich nahm den Becher. Hinter mir sagte Percy, der aus dem Lagerraum aufgetaucht war: »Warum, in Gottes Namen, gibst du einem Drecksack wie ihm eine Cola?«

Weil sie mit genug Betäubungsmittel aus dem Krankenrevier gemixt ist, um ihn für achtundvierzig Stunden flachzulegen, und er nichts davon geschmeckt hat.

Das sagte ich natürlich nicht, sondern das dachte ich.

»Bei Paul ist die Barmherzigkeit grenzenlos«, sagte Brutal. »Sie fällt wie ein sanfter Regen vom Himmel.«

»Hä?« fragte Percy mit gerunzelter Stirn.

»Das heißt, er hat eine weiche Ader. Die hat er immer schon gehabt, und die wird er immer haben. Willst du eine Runde Crazy Eights mit uns spielen, Percy?«

Percy schnaubte. »Außer Herzblatt und Alte Jungfer ist Crazy Eights das blödeste Kartenspiel, das jemals erfunden wurde.«

»Deshalb dachte ich, dir würde eine Partie gefallen«, sagte Brutal und lächelte freundlich.

»Jeder hier ist ein Klugscheißer«, sagte Percy und zog schmollend in mein Büro ab. Es mißfiel mir, daß die kleine Ratte ihren Arsch hinter meinem Schreibtisch parkte, aber ich hielt den Mund.

Die Uhrzeiger krochen dahin. Null Uhr zwanzig, null Uhr dreißig. Zwanzig vor eins erhob sich John Coffey von seiner Pritsche, stellte sich an seine Zellentür und umfaßte locker die Gitterstäbe. Brutal und ich gingen zu Whartons Zelle und schauten hinein. Er lag auf der Pritsche und lächelte die Decke an. Seine Augen waren geöffnet, aber sie wirkten wie große Glaskugeln. Eine Hand ruhte auf seiner Brust, die andere baumelte schlaff von der Seite seiner Pritsche, und die Knöchel rieben über den Boden.

»O Mann«, sagte Brutal, »in weniger als einer Stunde von Billy the Kid zu Willie dem Träumer. Ich frage mich, wie viele dieser Morphiumpillen Dean in die Cola geworfen hat.«

»Genügend«, sagte ich. Meine Stimme zitterte ein bißchen. Ich weiß nicht, ob Brutal es hörte, aber ich bemerkte es. »Los, wir tun es.«

»Willst du nicht warten, bis Wild Bill ohnmächtig wird?«

»Er ist ohnmächtig, Brutal. Er ist nur zu betäubt, um die Augen zu schließen.«

»Du bist der Boß.« Er schaute sich nach Harry

um, aber der war bereits zur Stelle. Dean saß kerzengerade am Wachpult und mischte die Karten so hart und schnell, daß es an ein Wunder grenzte, daß sie nicht Feuer fingen, und bei jedem Schnellmischgang warf er einen Blick nach links zu meinem Büro. Hielt ein Auge auf Percy.

»Ist es soweit?« fragte Harry. Sein langes Pferdegesicht war sehr bleich über seinem Uniformrock, aber er wirkte entschlossen.

»Ja«, sagte ich, »wenn wir es durchziehen wollen, ist es an der Zeit.«

Harry bekreuzigte sich und küßte seinen Daumen. Dann ging er zu der Gummizelle, schloß sie auf und kam mit einer Zwangsjacke zurück. Er gab sie Brutal. Wir drei gingen über die Green Mile. Coffey stand an der Zellentür, schaute uns nach und sagte kein Wort. Als wir zum Wachpult gelangten, hielt Brutal die Zwangsjacke hinter seinem Rücken, der breit genug war, um sie leicht zu verbergen.

»Viel Glück«, sagte Dean.

Er war so bleich wie Harry und wirkte ebenso entschlossen.

Percy saß hinter meinem Schreibtisch. Er saß auf meinem Schreibtischstuhl und war stirnrunzelnd in das Buch vertieft, das er in den vergangenen paar Nächten mit sich herumgeschleppt hatte – nicht Argosy oder Stag, sondern *Pflege von geistig Behinderten in Institutionen.* Bei seinem schuldbewußten, beunruhigten Blick bei unserem Eintreten hätte man denken können, daß wir ihn bei der Lektüre von *Die letzten Tage von Sodom und Gomorrha* ertappt hatten.

»Was ist?« fragte er und klappte das Buch hastig zu. »Was wollt ihr?«

»Mit dir reden, Percy«, sagte ich. »Das ist alles.«

Aber er las an unseren Mienen viel mehr ab als den Wunsch eines Gesprächs, und er war blitzschnell auf den Beinen und hetzte – er rannte nicht ganz, aber fast – zur offenen Tür des Lagerraums. Er dachte, wir wären gekommen, um ihn doch noch zu verprügeln.

Harry flitzte um ihn herum, schnitt ihm den Weg ab und blockierte die Tür, die Arme vor der Brust verschränkt.

»Hey!« Percy wandte sich an mich. Er hatte Angst, bemühte sich jedoch, sie nicht zu zeigen. »Was soll das?«

»Frag nicht, Percy«, sagte ich. Ich hatte gedacht, ich wäre okay – jedenfalls wieder normal –, wenn wir diese verrückte Sache tatsächlich durchführten, doch das war nicht der Fall. Ich konnte nicht glauben, was ich tat. Es war wie ein Alptraum. Ich erwartete, daß meine Frau mich wachrüttelte und mir sagte, daß ich im Schlaf gestöhnt hatte. »Es wird leichter sein, wenn du es einfach geschehen läßt.«

»Was hat Howell hinter seinem Rücken?« fragte Percy mit rauher Stimme, und er drehte sich, um einen besseren Blick auf Brutal zu bekommen.

»Nichts«, sagte Brutal. »Nun ... *dies hier* ...«

Er zog die Zwangsjacke hinter seinem Rücken hervor und schüttelte sie an seiner Hüfte, wie ein Matador das rote Tuch schwenkt, um den Stier zum Angreifen zu reizen.

Percy starrte ihn aus weit aufgerissenen Augen an, und dann sprang er vorwärts. Er wollte davonrennen, aber Harry packte seine Arme, und Percy brachte nur einen kurzen Sprung zuwege.

»Laß mich los!« schrie Percy und wollte sich aus Harrys Griff losreißen. Das gelang ihm nicht. Harry war fast fünfzig Kilo schwerer und hatte die Muskeln eines Mannes, der seine Freizeit mit Pflügen und Hacken verbrachte, aber Percy schaffte es, Harry halb durch den Raum zu zerren und den unangenehmen grünen Teppich aufzurauhen, den ich immer hatte ersetzen wollen. Einen Moment lang dachte ich, er bekäme sogar einen Arm frei – Panik kann eine höllische Motivation sein.

»Beruhige dich, Percy«, sagte ich. »Es wird leichter, wenn ...«

»Komm mir nicht so, du Blödmann!« brüllte Percy, ruckte mit den Schultern und versuchte, seine Arme loszureißen. »Laßt mich in Ruhe! Ihr alle! Ich kenne Leute! *Große* Leute! Wenn ihr nicht aufhört, müßt ihr bis nach South Carolina gehen, nur um eine Mahlzeit in einer Armenküche zu bekommen!«

Er sprang wieder vorwärts und stieß mit den Oberschenkeln gegen meinen Schreibtisch. Das Buch, in dem er gelesen hatte, *Pflege von geistig Behinderten in Institutionen,* machte einen Satz, und das kleinere Heft, das er darin versteckt hatte, fiel heraus. Kein Wunder, daß Percy schuldbewußt gewirkt hatte, als wir hereingekommen waren. Es war nicht *Die letzten Tage von Sodom und Gomorrah,* aber es war das Heft, das wir manchmal Sträflingen gaben, die sich besonders geil fühlten und sich gut genug benommen hatten, um eine Belohnung zu verdienen. Ich glaube, ich habe es erwähnt – das kleine Comic-

Heft, in dem Olive Oyl es mit jedem außer mit Sweet Pea, dem Jungen, treibt.

Ich fand es traurig, daß Percy in meinem Büro gewesen war, um sich einen so blassen Porno einzuverleiben, und Harry – das, was ich von ihm über Percys Schulter hinweg sehen konnte – wirkte leicht angewidert, aber Brutal brach in Gelächter aus, und das nahm Percy die Kampfeslust, wenigstens vorübergehend.

»Oh, Percy-Boy«, sagte Brutal. »Was würde deine Mama sagen? Oder – noch besser, was würde der Gouverneur sagen?«

Percy war dunkelrot geworden. »Halt die Schnauze. Und laß meine Mutter aus dem Spiel.«

Brutal warf mir die Zwangsjacke zu und neigte sich dicht vor Percys Gesicht. »Klar, Percy-Boy. Streck nur die Arme aus wie ein braver Junge.«

Percys Lippen zuckten, und seine Augen glänzten zu sehr. Mir wurde klar, daß er den Tränen nahe war. »Das werde ich nicht tun«, sagte er mit bebender Stimme, »und ihr könnt mich nicht dazu zwingen.« Dann hob er die Stimme und begann, um Hilfe zu schreien. Harry zuckte zusammen, ich ebenfalls. Wenn wir je nahe daran waren, die ganze Sache fallenzulassen, dann in diesem Augenblick. Wir hätten vielleicht aufgegeben, doch Brutal zögerte keinen Augenblick. Er trat hinter Percy, so daß er Schulter an Schulter mit Harry war, der immer noch Percys Hände hinter ihm festnagelte. Brutal packte Percys Ohren und hielt sie fest.

»Hör mit dem Brüllen auf«, sagte Brutal. »Sonst hast du ein Paar Teebeutellauscher, die einzigartig auf der Welt sind.«

Percy stellte das Brüllen ein, stand einfach zitternd da und schaute hinab auf den Umschlag des geschmacklosen Comic-Hefts, das Popeye und Olive zeigte, die es auf eine kreative Weise trieben, die ich noch nie ausprobiert hatte. »Oooh, Popeye« stand in der Sprechblase über Olives Kopf. »Uck-uck-uck-uck!« stand in Popeyes Sprechblase. Er rauchte dabei immer noch seine Pfeife.

»Streck die Arme aus«, sagte Brutal, »und laß jetzt die Sperenzchen. Los.«

»Das tue ich nicht«, sage Percy. »Ich tue es nicht, und du kannst mich nicht dazu zwingen.«

»Du irrst dich gewaltig, weißt du«, sagte Brutal. Dann drehte er an Percys Ohren, wie man vielleicht die Knöpfe an einem Ofen einstellt. An einem Ofen, der nicht backte, wie man es wollte. Percy stieß einen schrillen Schrei des Schmerzes und der Überraschung aus, und ich hätte viel darum gegeben, ihn nicht hören zu müssen. Es waren nicht *nur* Schmerz und Überraschung, wissen Sie; es war Begreifen. Zum erstenmal in seinem Leben begriff Percy, daß schreckliche Dinge nicht nur anderen Leuten widerfuhren, die nicht das Glück hatten, mit dem Gouverneur verwandt zu sein. Ich wollte Brutal Einhalt gebieten, aber das konnte ich natürlich nicht. Die Dinge waren viel zu weit gegangen. Ich konnte mich nur daran erinnern, daß Percy dem armen Delacroix Gott weiß wie viele Qualen zugefügt hatte, nur weil der kleine Franzose ihn ausgelacht hatte.

Die Erinnerung milderte nicht viel von meinem schlechten Gefühl. Vielleicht hätte sie das, wenn ich mehr von Percys Naturell gehabt hätte.

»Streck die Arme aus, Baby«, sagte Brutal, »oder ich ziehe dir die Ohren lang.«

Harry hatte bereits den jungen Mr. Wetmore losgelassen. Percy schluchzte wie ein kleines Kind, und die Tränen rannen jetzt über seine Wangen. Er streckte die Arme aus wie ein Schlafwandler in einer Filmkomödie. Ich hatte seine Arme im Nu in den Ärmeln der Zwangsjacke. Ich hatte sie kaum über seine Schultern gezogen, da ließ Brutal Percys Ohren los und schnappte sich die Riemen, die von den Ärmeln der Zwangsjacke hingen. Er riß Percys Arme zusammen, so daß sie fest auf seiner Brust gekreuzt waren. Harry schnappte sich unterdessen die Riemen am Rücken. Nachdem Percy nachgegeben und die Arme ausgestreckt hatte, war die ganze Sache binnen weniger als zehn Sekunden erledigt.

»Okay, Percy-Boy«, sagte Brutal. »Vorwärts marsch!«

Percy rührte sich nicht von der Stelle. Er schaute Brutal an, dann blickte er entsetzt mit tränenfeuchten Augen zu mir. Er sagte jetzt nichts von seinen Beziehungen oder daß wir bis nach South Carolina wandern mußten, um eine kostenlose Mahlzeit zu bekommen; das war längst vorbei.

»Bitte«, krächzte er heiser und tränenreich, »sperr mich nicht mit ihm ein, Paul.«

Jetzt verstand ich, warum er in Panik war, warum er sich so heftig gewehrt hatte. Er dachte, wir würden ihn zu Wild Bill Wharton in die Zelle stecken; daß seine Strafe für den trockenen Schwamm bei Delacroix' Hinrichtung eine trockene Vergewaltigung durch den Psychopathen sein würde. Bei diesem Gedanken empfand ich kein Mitleid mit Percy, sondern Abscheu, und ich wurde in meinem Entschluß bestärkt. Er traute uns das zu, was er an unserer Stelle getan hätte.

»Du kommst nicht zu Wharton«, sagte ich, »sondern in die Gummizelle. Du wirst drei oder vier Stunden darin verbringen, ganz allein im Dunkeln, und über das nachdenken, was du Del angetan hast. Es ist vermutlich zu spät für dich, irgendwelche Lektionen zu lernen, wie Leute behandelt werden sollen – Brutal denkt das jedenfalls –, aber ich bin Optimist. Und jetzt los.«

Er setzte sich in Bewegung, murmelte vor sich hin, daß wir das bereuen würden, sehr bereuen, aber insgesamt wirkte er erleichtert und beruhigt.

Als wir ihn auf den Gang führten, schaute uns Dean mit weit aufgerissenen Augen so überrascht und voller taufrischer Unschuld an, daß ich hätte lachen können, wenn die Sache nicht so ernst gewesen wäre. Ich hatte schon bessere Schauspieler in Theatern in der tiefsten Provinz gesehen.

»Sagt mal, meint ihr nicht, daß der Streich weit genug gegangen ist?« fragte Dean.

»Du hältst die Klappe, wenn du weißt, was gut für dich ist«, grollte Brutal. Das war der Text, den wir beim Mittagessen abgesprochen hatten, und so klang es auch für mich, nach eingeübtem Text, aber wenn Percys Angst und Verwirrung groß genug waren, dann konnten diese Worte Dean Stanton im Notfall den Job retten. Ich bezweifelte, daß der Notfall eintreten würde, aber möglich war alles. Jedesmal, wenn mir Zweifel kamen, damals oder seither, dann denke ich einfach daran, was John Coffey mit Delacroix´ sterbender Maus bewirkt hatte.

Wir führten Percy über die Green Mile. Er stolperte und keuchte, er werde aufs Gesicht fallen, wenn wir nicht langsamer gingen. Wharton lag auf seiner Pritsche, aber wir gingen zu schnell daran vorbei, und ich konnte nicht sehen, ob er wach war oder schlief. John Coffey stand an der Tür seiner Zelle und beobachtete. »Du bist ein böser Mann und verdienst es, in diese dunkle Gummizelle zu kommen«, sagte er zu Percy, aber ich glaube nicht, daß Percy ihn hörte.

Wir gingen in die Gummizelle. Percys Wangen waren rot und naß von Tränen, seine Augen rollten in den Höhlen, und die Locken, die er ständig zu kämmen pflegte, hingen wirr vor seiner Stirn. Harry nahm Percys Waffe mit einer Hand und seinen geliebten Hickory-Schlagstock mit der anderen. »Bekommst du zurück, keine Sorge«, sagte Harry. Er klang ein bißchen verlegen.

»Ich wünsche, ich könnte das gleiche von deinem Job sagen«, erwiderte Percy. »Von all euren Jobs. Das könnt ihr mir nicht antun! Das *könnt* ihr nicht!«

Er war offenbar bereit, in dieser Art noch eine Weile weiterzumachen, aber wir hatten keine Zeit, uns sein Gelaber anzuhören. In meiner Tasche war eine Rolle Isolierband, der Vorfahr des Klebebands, das die Leute heutzutage benutzen, in den Dreißigern. Percy sah, daß ich die Rolle Isolierband aus der Tasche zog, und wich zurück. Brutal packte ihn von hinten und umarmte ihn, bis ich Isolierband über Percys Mund geklebt hatte. Ich wand es um seinen ganzen Kopf herum, um sicherzugehen. Er würde ein paar Haare weniger haben, wenn das Isolierband abgezogen wurde, und seine Lippen würden dabei lädiert werden, aber das juckte mich nicht mehr. Ich haßte Percy Wetmore.

Wir traten zurück, weg von ihm. Er stand in der Mitte der Gummizelle unter der eingefaßten Glühbirne, trug die Zwangsjacke, atmete durch geblähte Nasenflügel und stieß gedämpfte Laute wie *mmmph! mmmph!* hinter dem Isolierband aus. Alles in allem sah er genauso verrückt aus wie jeder andere Häftling, den wir je in diese Zelle gesperrt hatten.

»Je ruhiger du bist, desto eher kommst du raus«, sagte ich. »Denk daran, Percy.«

»Und wenn du dich einsam fühlst, denk an Olive Oyl«, riet Harry. »Uck-uck-uck-uck.«

Dann gingen wir hinaus. Ich zog die Tür zu, und Brutal schloß sie ab. Dean stand ein Stück entfernt auf der Meile, gerade außerhalb von Coffeys Zelle. Er hatte bereits den Hauptschlüssel im oberen Schloß der Zellentür. Wir vier schauten uns an, und keiner sagte etwas. Es war nicht nötig. Wir hatten die Maschinerie in Gang gesetzt; wir konnten nur hoffen, daß der Zug den Kurs nahm, den wir geplant hatten, anstatt irgendwo unterwegs aus den Schienen zu springen.

»Willst du immer noch die Spazierfahrt mitmachen, John?« fragte Brutal.

»Ja, Sir«, sagte Coffey. »Das will ich.«

»Gut«, sagte Dean. Er schloß das obere Schloß auf, zog den Schlüssel heraus und schob ihn in das zweite Schloß.

»Müssen wir dich anketten, John?« fragte ich.

Coffey schien darüber nachzudenken. »Können Sie, wenn Sie wollen«, sagte er schließlich. »Muß aber nicht sein.«

Ich nickte Brutal zu, der die Zellentür öffnete, und wandte mich dann Harry zu, der mehr oder weniger Percys .45er auf Coffey gerichtet hielt, als der schwarze Riese aus seiner Zelle trat.

»Gib Dean die Waffe«, sagte ich.

Harry blinzelte, als hätte ihn jemand aus dem Dösen geweckt.

Er sah, daß er Percys .45er und den Schlagstock immer noch in den Händen hielt, und übergab sie Dean. Coffey ragte unterdessen auf dem Gang auf und rieb mit seinem kahlen Schädel fast über eine der Deckenlampen, die mit einem Drahtkäfig umgeben waren. Als er dort stand, die Hände vor sich gehalten, die Schultern gekrümmt, dachte ich wieder wie bei seiner Ankunft, daß er wie ein riesiger gefangener Bär wirkte.

»Schließ Percys Spielzeuge im Wachpult ein, bis wir zurückkommen«, sagte ich.

»*Falls* wir zurückkommen«, fügte Harry hinzu.

»Das werde ich tun«, sagte Dean zu mir und ignorierte Harry.

»Und wenn jemand auftaucht – vermutlich wird sich niemand blicken lassen, aber im Falle eines Falles –, was sagst du dann?«

»Daß Coffey gegen Mitternacht durchdrehte«, sagte Dean. Er wirkte so konzentriert wie ein Student bei einem Examen. »Wir mußten ihm die Zwangsjacke verpassen und ihn in die Gummizelle sperren. Wenn dort Geräusche ertönen, wird jeder denken, daß sie von ihm stammen.« Er wies auf Coffey.

»Und was sagst du über uns?« fragte Brutal.

»Paul ist drüben in der Verwaltung, beschäftigt sich mit Dels Akte und geht die Zeugenliste durch«, sagte Dean. »Das ist diesmal besonders wichtig, weil die Hinrichtung so katastrophal war. Er sagte, er wird vermutlich den Rest der Schicht dort sein. Du und Harry und Percy, ihr seid drüben in der Wäscherei und wascht eure Kleidung.«

Nun, ›die Kleidung waschen‹ sagten die Eingeweihten. In einigen Nächten gab es Würfelspiele in der Wäscherei; in anderen wurde Blackjack oder Poker gespielt. Was auch immer gezockt wurde, man sagte, die Wärter, die daran teilnahmen, ›waschen ihre Kleidung‹. Es gab für gewöhnlich geschmuggelten oder schwarzgebrannten Alkohol bei diesen Zusammenkünften, und gelegentlich machte ein Opiumpfeifchen die Runde. Es ist das gleiche in allen Gefängnissen, seit sie erfunden wurden, nehme ich an. Wenn man sein Leben mit dem Verwahren von Dreckskerlen verbringt, läßt es sich nicht ändern, daß man selbst ein bißchen dreckig wird. Auf jeden Fall war es unwahrscheinlich, daß wir überprüft wurden. ›Kleidung waschen‹ wurde in Cold Mountain mit großer Diskretion behandelt.

»Besser geht es nicht«, sagte ich, zog Coffey herum und setzte ihn in Bewegung. »Und wenn alle Stricke reißen, Dean, dann weißt du von nichts.«

»Das ist leicht zu sagen, aber ...«

In diesem Augenblick schoß ein dünner Arm zwischen den Gitterstäben von Whartons Zelle hervor und packte Coffey am dicken Bizeps. Uns allen stockte der Atem. Wharton hätte im Tiefschlaf liegen sollen, fast im Koma, doch da stand er, hin und her schwankend wie ein angeschlagener Boxer und blöde grinsend.

Coffeys Reaktion war bemerkenswert. Er riß sich nicht los, sondern holte tief Luft durch die Zähne wie jemand, der von etwas Kaltem und Unangenehmem berührt worden ist. Seine Augen weiteten sich, und einen Moment wirkte er, als hätten er und der Blödmann in der Zelle sich nie gesehen, als wären sie nie jeden Morgen zusammen aufgestanden, als hätten sie sich nie jeden Abend zur gleichen Zeit zum Schlafen hingelegt. Coffey hatte lebendig ausgesehen – *anwesend* –, als er gewollt hatte, daß ich in seine Zelle komme, damit er mich berühren konnte. Daß er mir helfen konnte, um die Coffey-Sprache zu übernehmen. Er hatte wieder so gewirkt, als er seine Hände nach der Maus ausgestreckt hatte. Jetzt erhellte sich zum drittenmal sein Gesicht, als wäre in seinem Gehirn plötzlich ein Punktscheinwerfer eingeschaltet worden. Doch diesmal war das Licht anders. Diesmal war es kälter, und zum erstenmal fragte ich mich, was passieren würde, wenn John Coffey plötzlich Amok lief. Wir hatten unsere Waffen, wir konnten auf ihn schießen, aber ihn tatsächlich kampfunfähig zu schießen war vielleicht nicht leicht.

Ich sah Brutal an, daß er ähnlich dachte, aber Wharton grinste weiterhin wie jemand, der high ist. »Wohin willst du?« fragte er. Es klang wie *Woin willse*?

Coffey stand still, schaute erst Wharton an, dann Whartons Hand, dann wieder Whartons Gesicht. Ich konnte diesen Gesichtsausdruck nicht deuten. Ich meine, ich sah die Intelligenz darin, aber ich wußte sie nicht auszulegen. Ich weiß nicht, ob es die Dinge geändert hätte, wenn ich in der Lage gewesen wäre, den Gesichtsausdruck zu deuten. Vermutlich nicht. Was Wharton anbetraf, um den machte ich mir überhaupt keine Sorge. Er würde sich später an nichts erinnern; er wirkte wie ein Betrunkener mit einem Blackout.

»Du bist ein böser Mann«, flüsterte Coffey, und ich konnte nicht erklären, was ich in seiner Stimme hörte – Schmerz oder Ärger oder Furcht. Vielleicht alles zusammen. Coffey blickte wieder hinab auf die Hand an seinem Arm, wie man vielleicht auf ein Insekt schaut, das einen wirklich schlimm stechen kann, wenn es das vorhat.

»Richtig, Nigger«, sagte Wharton mit einem blöden, großspurigen Grinsen. »So böse du dir nur denken kannst.«

Ich war plötzlich überzeugt, daß etwas Schreckliches passieren würde, das unseren geplanten Verlauf dieses frühen Morgens so völlig verändern würde, wie ein Erdbeben den Verlauf eines Flusses verändern kann. Es würde geschehen, und nichts, was ich oder einer von uns tun würde, konnte es verhindern.

Dann griff Brutal zu, pflückte Whartons Hand von John Coffeys Arm, und das Gefühl verschwand. Es war, als wäre ein potentiell gefährlicher Stromkreis unterbrochen. Ich habe Ihnen gesagt, daß während meiner Zeit in Block E das Telefon der Leitung zum Gouverneur niemals geklingelt hatte. Das stimmte, aber ich glaube, wenn es jemals geklingelt hätte, dann wäre ich von der gleichen Erleichterung erfüllt gewesen wie jetzt, als Brutal Whartons Hand von dem

Riesen wegzog, der neben mir aufragte. Coffeys Blick wurde sofort stumpf; als ob das Scheinwerferlicht in seinem Kopf abgeschaltet worden wäre.

»Leg dich hin, Billy«, sagte Brutal. »Ruh dich aus.« Das war für gewöhnlich meine Formulierung, aber unter den gegebenen Umständen hatte ich nichts dagegen, daß Brutal sie übernahm.

»Das werde ich vielleicht tun«, stimmte Wharton zu. Er trat zurück, torkelte und wäre fast gestürzt. In letzter Sekunde bewahrte er das Gleichgewicht. »Mann, oh, Mann. Alles dreht sich. Als wenn ich besoffen wäre.«

Er wich zu seiner Pritsche zurück und blickte dabei mit den glasigen Augen auf Coffey. »Nigger sollten ihren eigenen 'lektrischen Stuhl haben«, lallte er. Dann stieß er mit den Kniekehlen gegen seine Pritsche und plumpste darauf. Er schnarchte schon, bevor sein Kopf das dünne Gefängniskissen berührte. Blaue Schatten waren unter seinen Augen, und die Zungenspitze hing aus dem Mund.

»Mein Gott, wie konnte er mit so viel Stoff noch aufstehen?« wisperte Dean.

»Es macht nichts, er ist jetzt weggetreten«, sagte ich. »Wenn er wieder zu sich kommt, gib ihm noch eine Pille, aufgelöst in einem Glas Wasser. Aber nur eine. Wir wollen ihn nicht umbringen.«

»Das sagst du«, sagte Brutal grollend und blickte verächtlich auf Wharton. »Aber man kann einen Affen wie ihn ohnehin nicht mit Stoff umbringen. Die gedeihen damit.«

»Er ist ein böser Mann«, sagte Coffey, diesmal

mit leiserer Stimme, als sei er sich nicht ganz sicher, was er sagte oder was es bedeutete.

»Stimmt«, sagte Brutal. »Gemein und bösartig. Aber das ist jetzt kein Problem, denn wir tanzen nicht Tango mit ihm.« Wir gingen weiter, und wir vier umgaben Coffey, wie Fans sich um ein Idol scharen, das soeben wankend auf die Beine gekommen ist. »Sag mir eines, John – weißt du, wohin wir dich bringen?«

»Um zu helfen«, sagte er. »Ich nehme an ... zu einer Lady?« Er schaute Brutal hoffnungsvoll an.

Brutal nickte. »Das ist richtig. Aber woher weißt du das? Woher weißt du's?«

John Coffey dachte sorgfältig über die Frage nach. Dann schüttelte er den Kopf. »Ich weiß es nicht«, sagte er. »Ehrlich gesagt, Boß, ich weiß überhaupt nicht viel. Habe nie viel gewußt.«

Und damit mußten wir uns zufriedengeben.

6

Ich hatte gewußt, daß die kleine Tür zwischen dem Büro und der Treppe hinab in den Lagerraum nicht für Riesen wie Coffey gedacht war, aber es war mir nicht klar gewesen, wie gewaltig der Größenunterschied war, bis er vor dieser Tür stand und sie nachdenklich anschaute.

Harry lachte, aber John sah anscheinend nichts Lustiges daran, vor der kleinen Tür zu stehen. Natürlich verstand er den Humor nicht; er hätte ihn auch dann nicht verstanden, wenn er ein bißchen klüger gewesen wäre. Er war dieser Riese den größten Teil seines Lebens, und diese

Tür war einfach ein wenig kleiner als die meisten.

Coffey setzte sich hin, schob sich auf dem Hintern durch die Tür, stand auf und ging die Treppe hinunter, an deren Fuß Brutal auf ihn wartete. Dort verharrte er und blickte durch den leeren Raum zu der Plattform, auf der Old Sparky wartete, so stumm – und so unheimlich – wie der Thron im Schloß eines toten Königs. Die Kappe hing keck von einem der schwarzen Pfosten und wirkte nicht wie eine Königskrone, sondern wie die Kappe eines Hofnarren; ein Narr würde so etwas tragen oder schütteln, damit sein hochgeborenes Publikum lauter über seine Witze lachte. Der Schatten des elektrischen Stuhls kletterte verlängert und spinnartig eine Wand hinauf wie eine Drohung. Und, ja, ich glaubte immer noch, verbranntes Fleisch zu riechen. Der Geruch war schwach, aber ich fand, daß er mehr als nur Einbildung war.

Harry duckte sich durch die Tür, dann ich. Mir gefiel nicht der starre Blick Johns aus weit aufgerissenen Augen, auf Old Sparky gerichtet. Noch weniger gefiel mir, was ich auf seinen Armen sah, als ich mich ihm näherte: Gänsehaut.

»Na, komm schon, großer Junge«, sagte ich. Ich packte sein Handgelenk und versuchte, ihn in Richtung Tür zu ziehen, die hinab in den Tunnel führte. Zuerst wollte er nicht gehen, und ich hätte genausogut versuchen können, mit bloßen Händen einen Felsen aus dem Boden zu reißen.

»Komm schon, John, wir müssen gehen, es sei denn, du willst nicht mit dem Vierspänner fahren und der Lady einen Korb geben«, sagte Harry und lachte wieder nervös. Er ergriff Johns anderen Arm und zog, aber John wollte immer noch nicht mitkommen. Und dann sagte er etwas mit leiser, träumerischer Stimme. Er sprach nicht zu mir und zu keinem von uns, aber ich habe es nie vergessen.

»Sie sind noch dort drin. Etwas von ihnen ist noch dort drin. Ich höre sie schreien.«

Harrys nervöses Lachen verstummte, und sein Lächeln hing schief auf seinem Mund wie der aus einer Angel gerissene Fensterladen an einem verlassenen Haus. Brutal schaute mich fast entsetzt an und wich von John Coffey zurück. Zum zweitenmal in weniger als fünf Minuten hatte ich das Gefühl, daß sich das ganze Unternehmen am Rande des Zusammenbruchs befand. Diesmal war ich es, der eingriff; als ein wenig später ein drittes Mal eine Katastrophe drohte, würde Harry handeln. Wir alle bekamen in dieser Nacht unsere Chance, glauben Sie mir.

Ich schob mich zwischen John und seinen Blick auf den elektrischen Stuhl, stellte mich auf die Zehenspitzen, um sicherzustellen, daß ich ihm die Sicht auf Old Sparky nahm.

Schnalzend schnipste ich zweimal direkt vor seinem Gesicht mit den Fingern. »Komm schon!« sagte ich. »Geh! Du hast gesagt, daß du keine Ketten brauchst. Nun beweise es! Geh, großer Junge! Geh, John Coffey! Dort hinüber! Durch diese Tür!«

Sein Blick wurde klar. »Ja, Boß.« Und Gott sei Dank setzte er sich in Bewegung.

»Schau auf die Tür, John Coffey, nur auf die Tür und auf nichts sonst.«

»Ja, Boß.« John heftete den Blick gehorsam auf die Tür.

»Brutal«, sagte ich und wies hin.

Er eilte voraus, schüttelte seinen Schlüsselbund aus und fand den richtigen Schlüssel. John starrte weiterhin auf die Tür zum Tunnel. Ich starrte auf John, aber aus dem Augenwinkel konnte ich sehen, daß Harry nervöse Blicke zum heißen Stuhl warf, als hätte er ihn nie zuvor gesehen.

Etwas von ihnen ist noch dort drin ... Ich höre sie schreien.

Wenn das stimmte, dann mußte Eduard Delacroix am längsten und lautesten von allen schreien, und ich war froh, daß ich nicht hören konnte, was John Coffey hörte.

Brutal öffnete die Tür. Wir stiegen die Treppe hinab, Coffey an der Spitze. Am Fuß der Treppe schaute er bedrückt durch den Tunnel mit seiner niedrigen Backsteindecke. Er würde am Ende des Tunnels vom gebückten Gehen einen steifen Hals haben, es sei denn ...

Ich zog den Leichenkarren heran. Das Laken, mit dem wir Dels Leiche verhüllt hatten, war entfernt (und vermutlich verbrannt) worden, und so war das schwarze Leder des Karrens zu sehen. »Leg dich darauf«, forderte ich John auf. Er schaute mich zweifelnd an, und ich nickte aufmunternd. »Es wird leichter für dich und nicht schwerer für uns.«

»Okay, Boß Edgecombe.« Er setzte sich auf den Karren, legte sich dann hin und schaute besorgt mit seinen braunen Augen zu uns auf. Seine Füße mit den billigen Gefängnispantoffeln baumelten fast bis zum Boden. Brutal drängte sich dazwischen und schob John Coffey durch den feuchten Tunnel, wie er so viele andere geschoben hatte. Der einzige Unterschied bestand darin, daß der jetzige Passagier noch atmete. Auf halbem Weg durch den Tunnel – unter dem Highway, und wir hätten die gedämpften Geräusche von Wagenmotoren gehört, wenn es zu dieser Stunde Verkehr gegeben hätte – begann John zu lächeln.

»Das ist lustig«, sagte er. Mir kam in den Sinn, daß er die nächste Fahrt mit dem Karren nicht lustig finden würde. Wenn er das nächste Mal mit dem Karren fuhr, würde er überhaupt nichts empfinden. Oder doch? Etwas von ihnen ist immer noch dort, hatte er gesagt; er konnte sie schreien hören.

Ich erschauerte, aber weil ich hinter den anderen ging, sahen sie es nicht.

»Ich hoffe, du hast an Sesam gedacht, Boß«, sagte Brutal, als wir ans ferne Ende des Tunnels gelangten.

»Keine Sorge«, erwiderte ich. Sesam unterschied sich nicht von den anderen Schlüsseln, die ich in jenen Tagen bei mir hatte – und ich hatte einen Haufen Schlüssel, die vier Pfund schwer sein mußten – aber es war der Hauptschlüssel aller Hauptschlüssel, der alles öffnete. Es gab in jenen Tagen einen Sesam für jeden der fünf Zellenblocks, und jeder war in der Obhut des Chefwärters des Blocks. Andere Wärter konnten den Schlüssel ausleihen, aber nur der Chefwärter brauchte nicht dafür zu unterschreiben.

Am Ende des Tunnels befand sich ein Stahltor. Es erinnerte mich immer an Bilder von alten Burgen, die ich gesehen hatte; an die alten Tage, an denen Ritter kühn waren und das Rittertum blühte. Aber Cold Mountain war weit von Camelot entfernt. Hinter diesem Tor führte eine Treppe hinauf zu einer unauffälligen Art Schott mit Schildern BETRETEN VERBOTEN, STAATSBESITZ und HOCHSPANNUNG auf der Außenseite.

Ich schloß das Tor auf, und Harry öffnete es weit. Wir stiegen hinauf, John Coffey wieder an der Spitze und mit hängenden Schultern und gesenktem Kopf. Oben zwängte sich Harry an ihm vorbei (nicht ohne Schwierigkeiten, obwohl er der Schlankste von uns war) und schloß das Schott auf. Es war schwer. Er konnte es bewegen, aber nicht aufschieben.

»Das mache ich, Boß«, sagte John. Er drängte sich wieder nach vorn – preßte dabei Harry mit der Hüfte gegen die Wand – und zog das Schott mit einer Hand auf. Man hätte denken können, es wäre Karton statt Stahl.

Der scharfe Wind von den Bergen, den wir jetzt die meiste Zeit bis März oder April haben würden, blies uns kalte Nachtluft ins Gesicht. Laub wirbelte durch die Luft, und John Coffey fing ein Blatt mit seiner freien Hand. Ich werde nie vergessen, wie er das Blatt anschaute oder wie er es unter seiner breiten, stattlichen Nase zerdrückte, um den Duft zu riechen.

»Komm«, sagte Brutal. »Gehen wir, vorwärts marsch!«

Wir stiegen hinauf. John zog das Schott zu, und Brutal schloß es ab – für diese Tür war der Sesamschlüssel nicht nötig, er wurde nur zum Öffnen des Tors und des Schaltkastens daneben gebraucht.

»Hände an die Seiten, während du durchgehst, Großer«, murmelte Harry. »Berühr nicht den

Draht. Er steht unter Strom, und du willst doch nicht verbrennen, oder?«

Dann waren wir im Freien, standen in einer kleinen Gruppe neben der Straße (ich kann mir vorstellen, daß wir wie drei Hügel um einen Berg wirkten) und schauten hinüber zu den Mauern und Lichtern und Wachtürmen der Strafvollzugsanstalt Cold Mountain. Ich konnte tatsächlich den verschwommenen Umriß eines Wärters, der in seine Hände blies, in einem der Türme sehen, aber nur einen Moment lang; die Fenster in den Türmen zur Straße hin waren klein und unscheinbar. Dennoch mußten wir sehr, sehr leise sein. Und wenn jetzt ein Wagen über die Straße kam, konnten wir große Probleme bekommen.

»Los jetzt«, flüsterte ich. »Geh voran, Harry.«

Wir stahlen uns nordwärts in einer kleinen Schlangenlinie am Highway entlang, Harry als erster, dann John Coffey, Brutal und ich. Wir überquerten die erste Anhöhe und gingen auf der anderen Seite hinunter. Jetzt sahen wir vom Gefängnis nur noch den hellen Schein der Lichter in den Wipfeln der Bäume. Und Harry führte uns immer noch weiter.

»Wo hast du den Wagen geparkt?« flüsterte Brutal und stieß Dampf in einem weißen Wölkchen aus. »In Baltimore?«

»Gleich da vorn«, erwiderte Harry, und er klang nervös und gereizt. »Mach dir nicht gleich in die Hose, Brutus.«

Aber Coffey wäre glücklich gewesen, bis zum Sonnenaufgang weiterzuwandern, vielleicht sogar bis zum nächsten Sonnenuntergang. Er schaute in alle Richtungen, wenn eine Eule schrie

– nicht ängstlich, sondern erfreut, dessen bin ich mir ziemlich sicher. Mir kam in den Sinn, daß er sich zwar im Dunkel der Zelle fürchtete, aber hier draußen überhaupt keine Angst vor der Dunkelheit hatte. Er liebkoste die Nacht, rieb seine Sinne an ihr, wie ein Mann sein Gesicht an den Höhen und Tälern einer Frauenbrust reiben mag.

»Wir biegen hier ab«, murmelte Harry.

Ein schmaler Abzweig der Straße, unbefestigt, von Unkraut überwuchert, bog nach rechts ab. Wir folgten ihm und wanderten eine weitere Viertelmeile. Brutal fing wieder zu maulen an, als Harry stehenblieb, zur linken Seite des Pfads ging und die abgebrochenen Kiefernzweige zu entfernen begann, mit denen er den Wagen getarnt hatte. John und Brutal halfen ihm, und bevor ich mich an der Arbeit beteiligen konnte, hatten sie die verbeulte Schnauze eines alten Farmall Trucks freigelegt, und die Scheinwerfer starrten uns wie Insektenaugen an.

»Ich wollte so vorsichtig wie möglich sein, weißt du«, sagte Harry mit dünner, scheltender Stimme. »Das mag für dich ein großer Spaß sein, Brutus Howell, aber ich komme aus einer sehr religiösen Familie, habe Cousins, die so verdammt fromm sind, daß die Christen dagegen Heiden sind, und wenn ich bei so etwas erwischt werde ...«

»Schon okay«, brummte Brutal. »Ich bin einfach nervös, das ist alles.«

»Ich auch«, sagte Harry steif. »Wenn jetzt die verdammte alte Kiste nur startet ...«

Er ging um die Motorhaube des Trucks herum und murmelte immer noch vor sich hin, und Brutal zwinkerte mir zu. Für Coffey existierten wir nicht mehr. Er hatte den Kopf in den Nacken gelegt und sog den Anblick der Sterne auf, die am Himmel funkelten.

»Ich setze mich hinten zu ihm, wenn du willst«, bot Brutal an. Hinter uns winselte kurz der Anlasser des Farmalls, und es klang, als versuche ein alter Hund sich an einem kalten Wintermorgen auf die Füße zu quälen; dann sprang der Motor an. Harry gab einmal Gas und ließ ihn dann gemächlich tuckern. »Nicht nötig, daß wir ihn beide bewachen«, fügte Brutal hinzu.

»Steig vorne ein«, sagte ich. »Du kannst auf der Rückfahrt mit ihm fahren. Wenn wir nicht in unserem eigenen Gefangenentransporter landen, meine ich.«

»Sag so was nicht.« Brutal schien wirklich entsetzt zu sein, als hätte er zum erstenmal erkannt, wie ernst es für uns werden würde, wenn wir geschnappt wurden. »Mensch, Paul!«

»Geh und steig vorne ein«, sagte ich.

Er tat, was ich verlangte. Ich zog an John Coffeys Arm, bis ich ihn für eine Weile wieder auf die Erde zurückholen konnte, und führte ihn zum Heck des Trucks, dessen Ladefläche seitlich von Pfosten begrenzt wurde. Harry hatte ein Stück Segeltuchplane über die Pfosten geworfen. Das würde hilfreich sein und etwas Sichtschutz geben, wenn wir Wagen überholten oder uns welche aus der anderen Richtung passierten. Das offene Heck hatte er jedoch nicht verhüllen können.

»Hopplahopp, großer Junge«, sagte ich.

»Machen wir jetzt unsere Spazierfahrt?«

»Richtig.«

»Gut.« Er lächelte. Es war süß und lieb, dieses Lächeln, vielleicht um so mehr, weil es nicht durch viel Denken kompliziert wurde. Er stieg hinten auf. Ich folgte ihm, ging auf der Ladefläche vor und klopfte auf das Dach des Führerhauses. Harry legte den ersten Gang ein, und der Truck rollte rüttelnd und schüttelnd aus der kleinen Laube, in der Harry ihn versteckt hatte.

John Coffey stand breitbeinig mitten auf der Ladefläche, blickte wieder zu den Sternen, lächelte breit und nahm nicht die Äste und Zweige wahr, die ihn peitschten, als Harry den Truck zum Highway lenkte. »Sieh mal, Boß«, sagte er leise und entzückt und wies in das Schwarz der Nacht hinauf. »Es ist Cassie, die Lady in dem Schaukelstuhl!«

Er hatte recht. Ich konnte sie in der Sternenstraße zwischen den Wipfeln der Bäume sehen, an denen wir vorbeifuhren. Aber es war nicht das Sternbild Kassiopeia, an das ich gedacht hatte, als er von der Lady in dem Schaukelstuhl gesprochen hatte; ich dachte an Melinda Moores.

»Ich sehe sie, John«, sagte ich und zog an seinem Arm. »Aber du mußt dich jetzt setzen, okay?«

Er setzte sich mit dem Rücken gegen das Führerhaus und nahm nicht den Blick vom Nachthimmel. Sein Gesicht spiegelte völliges gedankenloses Glück wider. Die Green Mile blieb mit jeder Umdrehung der alten Reifen des Farmalls weiter zurück, und fürs erste war John Coffeys scheinbar endloser Tränenstrom versiegt.

7

Bis zu Hal Moores' Haus auf dem Chimney Ridge waren es fünfundzwanzig Meilen, und mit Harry Terwilligers langsamem und klapprigem Truck dauerte die Fahrt über eine Stunde. Es war eine unheimliche Fahrt, und obwohl es für mich jetzt den Anschein hat, daß ich jeden Moment immer noch in Erinnerung habe – jede Biegung, jedes Schlagloch, jeden kritischen Augenblick (zwei waren es), wenn uns Wagen aus der anderen Fahrtrichtung passierten –, bezweifle ich, daß ich auch nur annähernd beschreiben kann, wie ich mich fühlte, als ich dort auf dem Truck mit John Coffey saß, wir beide wie Indianer in die alten Decken gehüllt, die Harry vorsorglich mitgebracht hatte.

Es war hauptsächlich ein Gefühl der *Verlorenheit* – der tiefe und schreckliche Schmerz, den ein Kind empfindet, wenn es erkennt, daß es sich verirrt hat, wenn alles ringsum fremd ist und es nicht mehr weiß, wie es den Heimweg findet. Ich war da draußen in der Nacht mit einem Häftling – nicht nur mit *irgendeinem*, sondern mit einem, der wegen der Ermordung zweier kleiner Mädchen zum Tode verurteilt worden war. Daß ich ihn für unschuldig hielt, würde nicht zählen, wenn wir geschnappt wurden; wir würden selbst ins Gefängnis wandern, und Dean Stanton vielleicht ebenfalls. Ich hatte wegen einer schlimmen Hinrichtung ein Leben der Arbeit und Überzeugung über den Haufen geworfen – und weil ich glaubte, der riesige Trottel, der neben mir saß, könnte vielleicht den inoperablen Gehirntumor einer Frau heilen. Als ich jedoch John zu den Sternen blicken sah, erkannte ich bestürzt, daß ich das nicht länger glaubte, wenn ich es jemals wirklich geglaubt hatte; meine Blaseninfektion war jetzt längst vergessen und unbedeutend, wie solche harten und schmerzhaften Dinge stets in der Erinnerung verblassen, wenn sie Vergangenheit sind (meine Mutter sagte einmal, wenn eine Frau sich wirklich erinnern könnte, wie schlimm die Schmerzen bei der Geburt ihres ersten Babys gewesen waren, dann würde sie nie ein zweites haben). Und was Mr. Jingles anbetraf, war es nicht möglich und sogar wahrscheinlich, daß Percy die Maus gar nicht so schwer verletzt hatte, wie wir gedacht hatten? Oder daß John – der wirklich eine Art hypnotische Kraft hatte, wenigstens das bezweifelte ich nicht – uns irgendwie getäuscht hatte, so daß wir uns einbildeten, etwas gesehen zu haben, was überhaupt nicht geschehen war? Dann war da die Sache mit Hal Moores. An dem Tag, an dem ich ihn in seinem Büro überrascht hatte, war er ein zittriger, weinerlicher alter Mann gewesen. Aber ich bezweifelte, daß das die wahre Seite des Direktors war. Ich dachte, der wahre Gefängnisdirektor Moores war der Mann, der einst einem Häftling, der ihn zu erstechen versucht hatte, das Handgelenk gebrochen hatte; der Mann, der zynisch darauf hingewiesen hatte, daß Delacroix' Eier gebraten wurden, ganz gleich, wer die Hinrichtung leitete. Dachte ich tatsächlich, daß Hal Moores demütig zur Seite treten und uns einen verurteilten Kindermörder ins Haus bringen lassen würde, damit der seiner Frau die Hände auflegte?

Meine Zweifel wuchsen während der Fahrt. Ich verstand einfach nicht, warum ich so etwas getan hatte oder warum ich die anderen zu dieser verrückten nächtlichen Reise überredet hatte, und ich glaubte nicht, daß wir eine Chance hatten, ungestraft davonzukommen – nicht die Chance eines Hundes im Himmel, wie die Alten zu sagen pflegten. Doch ich versuchte auch nicht, die Sache abzublasen, was ich vielleicht noch hätte tun können; die Dinge würden uns erst dann endgültig aus den Händen gleiten, wenn wir bei Moores' Haus auftauchten. Etwas – ich nehme an, es waren vielleicht nur die Wellen der Verzückung, die von dem Giganten neben mir ausgingen – hielt mich davon ab, auf das Dach des Führerhauses zu hämmern und Harry aufzufordern, zu wenden und zum Gefängnis zurückzufahren, solange wir das noch konnten.

Das war meine Gemütsverfassung, als wir vom Highway auf die Landstraße 5 und von dort auf die Chimney Ridge Road abbogen. Eine Viertelstunde später sah ich den Umriß eines Daches die Sicht auf die Sterne verdecken, da wußte ich, daß wir am Ziel waren.

Harry schaltete vom zweiten Gang in den ersten zurück (ich glaube, er schaltete während der ganzen Fahrt nur ein einziges Mal in den höchsten Gang). Der Wagen ruckte und erbebte, als fürchte auch er sich vor dem, was vor uns lag.

Harry bog auf Moores' kiesbedeckten Zufahrtsweg und parkte den grummelnden Truck hinter dem schwarzen Buick des Direktors. Vor uns, ein wenig zu unserer Rechten, war das schmucke Haus in dem Stil, der Cape Cod genannt wird, wie ich annehme. Dieser Haustyp hätte in unserem Bergland vielleicht fehl am Platze wirken sollen, aber das war nicht der Fall. Der Mond war aufgegangen, und sein Grinsen war an diesem Morgen ein bißchen breiter. In seinem Schein konnte ich den Vorgarten sehen, der stets so schön gepflegt war, aber jetzt vernachlässigt aussah. Hauptsächlich war es nur Laub, das nicht fortgeharkt worden war. Unter normalen Umständen wäre das Mellys Aufgabe gewesen, aber Melly war in diesem Herbst nicht in der Lage gewesen, mit einem Rechen zu hantieren, und sie würde das Laub nie wieder fallen sehen. Das war die Wahrheit, und ich war so verrückt gewesen, zu denken, dieser Idiot mit dem leeren Blick könnte es ändern.

Vielleicht war es jedoch noch nicht zu spät, uns selbst zu retten. Ich tat, als wollte ich aufstehen, und die Decke rutschte von meinen Schultern. Ich könnte mich vorneigen, an das Fenster auf der Fahrerseite klopfen und Harry sagen, daß wir höllisch schnell verschwinden sollten, bevor …

John Coffey packte meinen Unterarm mit seiner gewaltigen Hand und zog mich so mühelos hinunter, wie ich es mit einem Kleinkind getan hätte. »Sehen Sie, Boß«, sagte er und wies hin. »Jemand ist auf.«

Ich schaute in die Richtung, in die er deutete, und mir rutschte etwas in die Hose, nicht das Herz, aber der Magen. Hinter einem der hinteren Fenster schimmerte Licht. Höchstwahrscheinlich in dem Zimmer, in dem Melinda jetzt ihre Tage und Nächte verbrachte; sie war so wenig in der Lage, Treppen zu steigen, wie die Blätter zusammenzuharken, die während des letzten Gewitters gefallen waren. Sie hörten natürlich den Truck – Harry Terwilligers gottverdammten Farmall, dessen Motor brüllte und durch einen Auspuff furzte, der nicht durch einen Auspufftopf gedämpft wurde. Hölle, das Ehepaar Moores schlief in diesen Nächten vermutlich ohnehin nicht so gut.

Ein Licht weiter vorn im Haus ging an (in der Küche), dann im Wohnzimmer, dann im Flur, dann auf der Veranda.

Ich beobachtete diese vorwärts marschierenden Lichter, wie ein Mann, der vor einer Betonmauer steht und seine letzte Zigarette raucht, das Nahen des Erschießungskommandos beobachten mag. Aber ich wollte mir selbst da noch nicht eingestehen, daß es zu spät war, bis das abgehackte Tuckern des Motors verstummte, Türen klappten und Kies knirschte, als Harry und Brutal ausstiegen.

John stand auf und zog mich mit hoch. Im schwachen Licht wirkte sein Gesicht lebhaft und eifrig. Warum auch nicht? Ich erinnere mich, daß ich das dachte. Warum sollte er nicht eifrig aussehen? Er war ein Idiot.

Brutal und Harry standen Schulter an Schulter hinter dem Truck – wie Jungen in einem Gewitter, und ich sah, daß beide so ängstlich, verwirrt und nervös aussahen, wie ich mich fühlte. Dadurch fühlte ich mich noch schlimmer.

John stieg vom Truck. Für ihn war das mehr ein Schritt als ein Sprung. Ich folgte ihm, steifbeinig und unglücklich. Ich wäre auf den kalten Kies gefallen, wenn Coffey mich nicht am Arm gepackt hätte.

»Dies ist ein Fehler«, sagte Brutal. Seine Augen

waren sehr groß und spiegelten Angst wider. »Allmächtiger, Paul, was haben wir uns dabei gedacht?«

»Zu spät jetzt«, sagte ich. Ich stieß Coffey an der Hüfte an, und er ging gehorsam zu Harry und blieb neben ihm stehen. Dann schnappte ich mir Brutal am Ellenbogen, als wären wir ein Paar, das sich verabredet hatte, und wir gingen zur Veranda, auf der jetzt die Lampe brannte. »Überlaß mir das Reden. Verstanden?«

»Ja«, sagte Brutal. »Das ist im Augenblick das einzige, was ich verstehe.« Ich blickte über die Schulter. »Harry, bleib mit ihm beim Truck, bis ich dich rufe. Ich will nicht, daß Moores ihn sieht, bevor ich fertig bin.« Ich würde jedoch niemals fertig werden. Das wußte ich jetzt.

Brutal und ich hatten gerade den Fuß der Veranda erreicht, als die Tür so hart aufgerissen wurde, daß der Türklopfer aus Messing gegen die Platte schlug. Dort stand Hal Moores in blauer Pyjamahose und einem T-Shirt. Sein graues Haar stand wirr vom Kopf ab. Er war ein Mann, der sich in seiner Laufbahn Tausende Feinde gemacht hatte, und das wußte er. In seiner rechten Hand hielt er den Revolver, der immer über dem Kamin hing und dessen abnorm langer Lauf jetzt nicht ganz auf den Boden zeigte. Es war die Art Waffe, die als Ned Buntline Special bekannt ist. Sie hatte seinem Großvater gehört, und jetzt (ich sah es, und mir rutschte wieder etwas in die Hose) war sie voll gespannt.

»Wer, zur Hölle, ist das um halb drei am Morgen?« fragte er. Ich hörte keinerlei Furcht in seiner Stimme. Und sein Zittern hatte aufgehört – jedenfalls vorübergehend. Die Hand mit der

Waffe war völlig ruhig. »Antwortet, oder ...« Er hob die Waffe an.

»Stop, Direktor!« Brutal hob die Hände mit den Handflächen nach vorn zu dem Mann mit der Waffe hin. Ich hatte seine Stimme noch niemals so gehört wie in diesem Augenblick; es war, als ob das Zittern von Moores' Händen irgendwie einen Weg in Brutus Howells Kehle gefunden hatte. »Wir sind es! Paul und ich und ... Wir sind es!«

Er trat auf die erste Stufe der Verandatreppe, damit der Lichtschein auf sein Gesicht fallen konnte. Ich folgte ihm. Hal Moores blickte zwischen uns hin und her, und seine wütende Entschlossenheit ging in Verwirrung über. »Was macht ihr denn hier?« fragte er. »Es ist nicht nur mitten in der Nacht, sondern ihr Jungs habt auch Dienst. Ich weiß das, ich habe den Dienstplan in meinem Arbeitszimmer aufgehängt. Also was, im Namen Gottes ... O verdammt, ist etwas passiert? Ein Aufruhr?« Er schaute zwischen uns hin und her, und sein Blick wurde schärfer. »Wer sonst noch ist dort bei diesem Lastwagen?«

Überlaß mir das Reden. So hatte ich Brutal angewiesen, aber jetzt war der Zeitpunkt des Redens da, und ich brachte kein Wort heraus. Auf dem Weg zur Arbeit an diesem Nachmittag hatte ich mir sorgfältig zurechtgelegt, was ich hier sagen würde, und hatte gedacht, daß es nicht zu verrückt klang. Nicht normal – nichts bei dieser Sache war normal –, aber vielleicht nahe genug an der Normalität, daß er uns ins Haus ließ und uns eine Chance gab. Daß er *John* eine Chance gab. Aber jetzt waren alle meine sorgfältig geübten Worte in der Verwirrung verlorengegangen. Gedanken und Bilder wirbelten durch meinen Kopf wie Sand in einer Sandhose – der brennende Del, die sterbende Maus, Toot, der auf Old Sparkys Schoß ruckte und schrie, daß er ein gerösteter Truthahn sei. Ich glaube, daß es Gutes auf der Welt gibt, daß auf die eine oder andere Weise alles von einem liebenden Gott kommt. Aber ich glaube, es gibt ebenso eine andere Kraft, die genauso real wie der Gott ist, zu dem ich mein ganzes Leben gebetet habe, und daß sie bewußt daran arbeitet, all unsere anständigen Impulse zu ruinieren. Nicht Satan, ich meine nicht Satan (obwohl ich glaube, daß der ebenfalls real ist), sondern eine Art Dämon der Zwietracht, ein zu Streichen aufgelegtes und blödes Ding, das schadenfroh lacht, wenn sich ein alter Mann selbst in Brand steckt bei dem Versuch, seine Pfeife anzuzünden, oder wenn ein geliebtes Baby das erste Weihnachtsspielzeug in den Mund steckt und daran erstickt. Ich habe viele Jahre darüber nachgedacht, auf dem ganzen Weg von Cold Mountain nach Georgia Pines, und ich glaube, diese Kraft war aktiv am Werk bei uns an diesem Morgen, waberte überall wie Nebel herum und versuchte, John Coffey von Melinda Moores fernzuhalten.

»Direktor ... Hal ... ich ...« Nichts, was ich versuchte, ergab irgendeinen Sinn.

Er hob wieder die Waffe und zielte zwischen mir und Brutal hindurch, ohne zuzuhören. Seine blutunterlaufenen Augen waren jetzt weit aufgerissen. Und da kam Harry Terwilliger, mehr oder weniger gezogen von unserem großen Jungen, der sein breites, dämliches, entzückendes Lächeln zeigte.

»Coffey«, keuchte Moores. »John Coffey.« Er holte Luft und brüllte mit einer Stimme, die quäkend, jedoch fest klang: »Halt! Stehenbleiben, oder ich schieße!«

Irgendwo hinter ihm ertönte eine schwache und zittrige Frauenstimme: »Hal? Was machst du da draußen? Mit wem sprichst du, du verdammter Arschficker?«

Er blickte kurz in ihre Richtung, und seine Miene spiegelte Bestürzung und Verzweiflung wider. Er war nur kurz abgelenkt, wie ich schon sagte, aber es hätte lange genug für mich sein sollen, um ihm die langläufige Waffe aus der Hand zu reißen. Aber ich konnte meine Hände nicht heben. Es war, als wären schwere Gewichte daran gebunden. Mein Kopf schien voller atmosphärischer Störungen zu sein wie ein Radio, das während eines Gewitters sendet. Die einzigen Gefühle, an die ich mich erinnere, waren Furcht und so etwas wie Mitleid mit Hal, dem die Worte seiner Frau peinlich waren.

Harry und John Coffey erreichten den Fuß der Veranda. Moores wandte den Kopf vom Klang der Stimme seiner Frau fort und hob wieder den Revolver. Er sagte später, daß er fest entschlossen gewesen war, Coffey zu erschießen; er argwöhnte, daß wir alle Geiseln waren und der Kopf, der hinter unserer Entführung steckte, beim Truck in der Dunkelheit lauerte. Er verstand nicht, warum man uns zu seinem Haus gebracht hatte, aber Rache war anscheinend die wahrscheinlichste Möglichkeit.

Bevor er schießen konnte, trat Harry Terwilliger vor Coffey und schirmte das meiste von seinem Körper ab.

Coffey hatte ihn nicht dazu aufgefordert; Harry tat es aus eigenem Antrieb.

»Nein, Direktor Moores!« sagte er. »Es ist alles in Ordnung! Keiner ist bewaffnet, keinem wird etwas passieren, wir sind hier, um zu helfen!«

»Helfen?« Moores' buschige Brauen zogen sich zusammen. Seine Augen glühten vor Zorn. Ich konnte den Blick nicht von dem gespannten Hammer des Buntline nehmen. »*Wobei* helfen? *Wem* helfen?«

Wie als Antwort ertönte wieder die zitternde alte Frauenstimme, quengelig und bestimmt und ohne jegliches Schamgefühl: »Komm her und fick mein Loch, du Hurensohn! Bring deine Arschloch-Freunde mit! Sie sollen sich alle abwechseln!«

Ich schaute erschüttert zu Brutal. Ich hatte gewußt, daß sie fluchte – daß der Tumor sie irgendwie dazu brachte –, aber das war mehr als Fluchen. Viel mehr.

»Was treibt ihr hier?« fragte Moores von neuem. Viel von seiner Entschlossenheit war verschwunden – die zittrigen Rufe seiner Frau hatten das bewirkt. »Ich verstehe das nicht. Ist das ein Ausbruch oder ...«

John stellte Harry beiseite – er hob ihn einfach an und stellte ihn wieder ab – und stieg dann auf die Veranda. Er blieb zwischen Brutal und mir stehen, so groß, daß er uns fast beiseite und in Mellys Stechpalmen schubste. Moores' Blick folgte ihm, wie jemand hochschielt, wenn er versucht, den Wipfel eines hohen Baums zu sehen. Und plötzlich verstand ich. Dieser Geist der Zwietracht, der meine Gedanken durcheinandergebracht hatte wie mächtige Hände, die Sand oder Maiskörner verstreuen, war verschwunden. Ich glaubte auch zu verstehen, warum Harry hatte handeln können, während Brutal und ich nur hoffnungslos und unentschlossen vor unserem Boß gestanden hatten. Harry war bei John gewesen ..., und welcher Geist es auch immer ist, der den anderen, dämonischen bekämpft, er war in dieser Nacht in John. Und als John Direktor Moores entgegentrat, war es dieser andere Geist – etwas Weißes, so sehe ich das, etwas Weißes –, der die Lage in den Griff bekam. Das andere Ding verzog sich nicht, aber ich spürte, daß es sich zurückzog wie ein Schatten in einem plötzlich starken Licht.

»Ich möchte helfen«, sagte John Coffey. Moores schaute zu ihm auf, fasziniert, offenen Mundes. Ich bezweifle, daß Hal es überhaupt mitbekam, als Coffey ihm den Buntline Special aus der Hand nahm und mir übergab. Ich senkte vorsichtig den Hammer. Später überprüfte ich die Trommel und stellte fest, daß sie die ganze Zeit leer gewesen war. Manchmal frage ich mich, ob Hal das gewußt hat. Unterdessen murmelte John immer noch: »Ich bin gekommen, um ihr zu helfen. Nur um zu helfen. Das ist alles, was ich möchte.«

»Hal!« schrie Melinda aus dem Schlafzimmer. Ihre Stimme klang jetzt etwas fester, aber auch ängstlich, als hätte sich das Ding, das uns so verwirrt und entmutigt hatte, jetzt zu ihr zurückgezogen. »Schick sie weg, wer immer sie sind! Wir brauchen keine Vertreter mitten in der Nacht! Kein Elektrolux! Kein Hoover! Keine französischen Schlüpfer mit Schlitz zwischen den Beinen. Sie sollen verschwinden. Sag ihnen, sie sollen sich verpissen, diese ... diese ...« Etwas zerklirrte – es kann ein Wasserglas gewesen sein –, und dann begann sie zu schluchzen.

»Ich will nur helfen«, sagte John Coffey so leise, daß es kaum mehr als ein Flüstern war. Er ignorierte das Schluchzen der Frau und ihre vulgäre Sprache gleichermaßen. »Nur helfen, Boß, das ist alles.«

»Das kannst du nicht«, sagte Moores. »Keiner kann das.« Es war ein Tonfall, den ich schon gehört hatte, und nach einer Weile wurde mir klar, wie ich geklungen hatte, als ich in Coffeys Zelle gegangen war, in jener Nacht, in der er meine Blaseninfektion geheilt hatte. Hypnotisiert. *Kümmer du dich um deine Angelegenheiten, und ich kümmere mich um meine,* hatte ich zu Delacroix gesagt ..., aber es war Coffey gewesen, der sich um meine Angelegenheiten gekümmert hatte, wie er sich jetzt um die von Hal Moores kümmerte.

»Wir denken, er kann das«, sagte Brutal. »Und wir haben unsere Jobs – plus vielleicht eine Weile im Knast – nicht riskiert, nur um herzufahren und wieder zurückzukehren, ohne es wenigstens versucht zu haben.«

Dazu war ich vor drei Minuten bereit gewesen. Brutal ebenfalls.

John Coffey nahm uns das Spiel aus den Händen. Er schob sich an Moores vorbei, der kraftlos eine Hand hob, um ihn aufzuhalten (sie wischte über Coffeys Hüfte und sank hinab; ich bin überzeugt, daß der Riese es nicht einmal spürte), ging ins Haus und schlurfte durch die Halle, vorbei am Wohnzimmer, der Küche und zum Schlafzimmer jenseits davon, in dem diese schrille, nicht wiederzuerkennende Stimme ertönte: »Bleib draußen! Wer auch immer du bist, bleib draußen! Ich bin nicht angezogen, meine Titten sind frei, und über meine Möse streicht der Wind!«

John ignorierte sie, ging einfach unerschütterlich weiter, den Kopf gesenkt, damit er keine Lampen rammte. Sein runder, brauner Schädel glänzte, und seine Hände schwangen an den Seiten. Nach einem Moment folgten wir ihm, ich zuerst, Brutal und Hal Seite an Seite und Harry am Schluß. Eines war mir sonnenklar: Es war alles nicht mehr in unseren Händen, sondern in denen von John.

8

Die Frau im hinteren Schlafzimmer, die im Bett saß, sich gegen das Kopfbrett lehnte und den Riesen, der in ihr vernebeltes Blickfeld getreten war, mit glasigen Augen anstarrte, sah überhaupt nicht aus wie die Melly Moores, die ich seit zwanzig Jahren kannte; sie sah auch nicht aus wie die Melly Moores, die Janice und ich kurz vor Delacroix' Hinrichtung besucht hatten. Die Frau, die im Bett saß, sah wie ein krankes Kind aus, das als Halloween-Hexe herausgeputzt war. Ihre totenbleiche Haut war ein hängender Teig von Runzeln. Sie war um das rechte Auge verzogen, als versuche sie zu zwinkern. Dieselbe Seite ihres Mundes verzog sich nach unten; ein alter gelber Eckzahn ragte über ihre blutleere

Unterlippe. Das Haar lag wie ein wilder dünner Nebel um ihren Schädel. Das Zimmer stank nach dem Stoff, den unsere Körper mit Schicklichkeit ausscheiden, wenn die Dinge richtig verlaufen. Das Nachtgeschirr bei ihrem Bett war halbvoll mit gelblichem, schmierigem Zeug. Jetzt sind wir auch noch zu spät gekommen, dachte ich entsetzt. Es war nur eine Sache von Tagen gewesen, seit sie zu erkennen gewesen war – krank, aber noch sie selbst. Seither mußte sich das Ding in ihrem Kopf mit erschreckender Schnelligkeit vergrößert haben, um seine Position zu stärken. Ich bezweifelte, daß John Coffey ihr jetzt noch helfen konnte.

Bei Coffeys Eintreten spiegelte ihr Gesicht Furcht und Entsetzen wider – als ob irgend etwas in ihr einen Arzt erkannte, der an es herankommen und es herausholen konnte ... oder es mit Salz bestreuen konnte, wie man es mit einem Blutegel macht, damit sich seine Saugnäpfe lösen. Hören Sie mir genau zu: Ich sage nicht, daß Melly Moores besessen war, und mir ist bewußt, daß all meine Wahrnehmungen in dieser Nacht zweifelhaft sein müssen, weil ich so aufgeregt und durcheinander war. Aber ich habe auch nie völlig die Möglichkeit ausgeschlossen, daß sie von einem Dämon besessen war. Da war etwas in ihren Augen, sage ich Ihnen, das wie Furcht aussah.

In diesem Punkt *können* Sie mir vertrauen, das ist eine Gefühlsregung, die ich zu oft gesehen habe, um mich zu irren.

Was auch immer es war, es verschwand schnell und wurde ersetzt durch einen Ausdruck von lebhaftem, irrationalem Interesse. Dieser entsetzliche Mund zitterte und zeigte etwas, das vielleicht ein Lächeln war.

»Oh, so groß!« rief sie. Sie klang wie ein kleines Mädchen, das gerade an einer schlimmen Halsentzündung erkrankt war. Sie zog ihre Hände – so schwammig-weiß wie ihr Gesicht – unter der Bettdecke hervor und klatschte sie zusammen. »Laß die Hosen runter! Ich habe mein Leben lang von Nigger-Pimmeln gehört, aber noch nie einen gesehen!«

Hinter mir stieß Moores ein leises Stöhnen voller Verzweiflung aus.

John Coffey schenkte alldem keine Aufmerksamkeit. Nachdem er einen Moment lang still dagestanden hatte, wie um sie aus der Nähe zu beobachten, ging er zum Bett, das von einer einzelnen Nachttischlampe erhellt war. Die Lampe warf einen hellen Lichtkreis auf die weiße Tagesdecke, die bis zur Halskrause ihres Nachthemds hochgezogen war. Jenseits des Bettes, im Schatten, sah ich die Chaiselongue, die eigentlich ins Wohnzimmer gehörte. Ein Teppich, ein Afghane, den Melly in glücklicheren Tagen selbst gewebt hatte, lag halb auf der Chaiselongue und halb auf dem Boden. Hier hatte Hal geschlafen – wenigstens gedöst –, als wir eingetroffen waren.

Als John sich ihr näherte, veränderte sich Mellys Miene ein drittes Mal. Plötzlich sah ich wieder die Melly, deren Freundlichkeit mir im Laufe der Jahre so viel bedeutet hatte und Janice sogar noch mehr, nachdem die Kinder aus dem Nest ausgeflogen waren und sie sich einsam und nutzlos und traurig gefühlt hatte. Melly schaute immer noch interessiert, aber jetzt wirkte ihr Interesse gesund, und sie wußte, was sie sagte.

»Wer sind Sie?« fragte sie mit klarer Stimme. »Und warum haben Sie so viele Narben auf den Händen und Armen? Wer hat Sie so schlimm verletzt?«

»Ich erinnere mich kaum, woher all die Narben kommen, Ma'am«, sagte John Coffey in demütigem Tonfall und setzte sich neben ihr aufs Bett.

Melinda lächelte, so gut sie konnte – die nach unten verzogene rechte Seite ihres Mundes bebte, kam jedoch nicht ganz hoch. Sie berührte eine weiße Narbe auf seinem linken Handrücken, die wie ein Krummsäbel gebogen war. »Welch ein Segen das ist! Verstehen Sie, warum?«

»Ich nehme an, wenn man nicht weiß, wer einen verletzt oder verfolgt hat, dann liegt man des Nachts nicht wach«, sagte John Coffey in seiner Beinahe-Südstaatenstimme.

Sie lachte darüber, und das Lachen klang silberhell in dem stinkenden Krankenzimmer. Hal war jetzt neben mir. Er atmete schnell, versuchte jedoch nicht zu stören. Als Melly lachte, stockte ihm für einen Moment der Atem, und er packte mich mit einer seiner großen Hände an der Schulter. Er drückte hart genug zu, um einen blauen Flecken zu hinterlassen – ich sah ihn am nächsten Tag –, aber in diesem Augenblick spürte ich es kaum.

»Wie heißen Sie?« fragte Melinda.

»John Coffey, Ma'am.«

»Wie das Getränk?«

»Ja, Ma'am, nur anders geschrieben.«

Sie legte sich zurück auf ihre Kissen, aufgerichtet, aber nicht ganz sitzend, und sah ihn an. Er saß neben ihr, schaute sie ebenfalls an, und der

Lichtkreis der Lampe kreiste sie ein wie Schauspieler auf einer Bühne – der ungeschlachte schwarze Koloß im Gefängnisoverall und die kleine, sterbende weiße Frau. Sie starrte mit leuchtender Faszination in Johns Augen.

»Ma'am?«

»Ja, John Coffey?« Die Worte waren gehaucht und wehten kaum zu uns durch die übelriechende Luft. Ich spürte, wie sich die Muskeln an meinen Armen und Beinen und am Rücken spannten. Irgendwo, weit entfernt, spürte ich, daß der Gefängnisdirektor meinen Arm drückte, und aus dem Augenwinkel sah ich, daß Harry und Brutal die Arme umeinandergelegt hatten wie kleine Jungen, die sich in der Nacht verirrt hatten. Etwas würde geschehen. Etwas Großes. Wir spürten es jeder auf seine Weise.

John Coffey neigte sich näher zu ihr. Die Bettfedern knarrten, das Bettzeug raschelte, und der kalt lächelnde Mond spähte durch die obere Scheibe des Schlafzimmerfensters. Coffey musterte mit blutunterlaufenen Augen Melinda Moores' eingefallenes Gesicht, das zu ihm aufblickte.

»Ich sehe es«, sagte er. Er sprach nicht zu ihr – das glaube ich jedenfalls –, sondern zu sich selbst. »Ich sehe es, und ich kann helfen. Halt still ... Halt ganz still ...«

Er neigte sich näher zu ihr und noch näher. Für einen Moment verharrte sein großes Gesicht dicht vor ihr. Er hob eine Hand mit gespreizten Fingern, wie um jemandem zu sagen, daß er warten sollte ... nur warten ..., und dann senkte er wieder sein Gesicht. Seine breiten, weichen Lippen preßten sich auf ihre und zwangen sie auf. Einen Moment lang konnte ich eines ihrer Augen sehen, das an Coffey vorbei emporstarrte. Das Auge spiegelte einen Ausdruck wider, der anscheinend Überraschung war. Dann verdeckte sein glatter, kahler Kopf die Sicht auf das Auge.

Es gab ein leises pfeifendes Geräusch, als er die Luft einsog, die tief in ihrer Lunge war. Das war alles für ein, zwei Sekunden, und dann bewegte sich der Boden unter uns und das ganze Haus um uns. Ich bildete mir das nicht ein; sie alle spürten es, sie alle sagten es später. Es war eine Art wellenartiges, dumpfes Grollen. Etwas Schweres krachte im Wohnzimmer zu Boden – die Standuhr, wie sich nachher herausstellte. Hal Moores versuchte, sie reparieren zu lassen, doch sie ging nie länger als eine Viertelstunde an einem Stück.

Näher bei uns knallte es, gefolgt von Klirren, als die Glasscheibe zerbarst, durch die der Mond gespäht hatte. Ein Bild an der Wand – ein Segelschiff auf einem der sieben Meere – fiel vom Haken und klatschte zu Boden, wobei das Glas zerklirrte.

Ich roch etwas Heißes und sah Rauch am Ende der weißen Tagesdecke aufsteigen, die auf Melindas Bett lag. Ein Stück der Decke unten bei ihrem zitternden rechten Fuß wurde schwarz. Ich fühlte mich wie in einem Traum. Ich riß mich von Moores' Hand los und trat zum Nachttisch. Darauf stand ein Glas Wasser, umgeben von drei oder vier Pillenfläschchen, die bei der Erschütterung umgefallen waren. Ich nahm das Glas und schüttete das Wasser auf die rauchende Stelle. Es zischte.

John Coffey küßte sie weiterhin auf diese tiefe

und intime Weise, atmete ein, immer wieder. Eine Hand hatte er immer noch erhoben und ausgestreckt, und mit der anderen stützte er auf dem Bett sein enormes Gewicht. Die Finger waren gespreizt, und die Hand wirkte auf mich wie ein brauner Seestern.

Plötzlich krümmte sich ihr Rücken. Eine ihrer Hände drosch durch die Luft, die Finger ballten und lösten sich in einer Reihe von Krämpfen. Ihre Füße trommelten gegen das Bett. Dann schrie etwas. Das war wiederum nicht meine Phantasie; die anderen Männer hörten es ebenso. Für Brutal klang es wie das Heulen eines Wolfs oder Kojoten, der mit einem Bein in einer Falle gefangen ist. Für mich klang es wie der Schrei eines Adlers, wie man ihn damals an stillen Morgen hören konnte, wenn sie mit ausgebreiteten Schwingen durch dunstige Täler herabschwebten.

Draußen ließ eine Sturmbö das Haus zum zweitenmal erzittern – und das war merkwürdig, wissen Sie, denn bis dahin hatte es überhaupt keinen Sturm gegeben, nicht mal nennenswerten Wind.

John Coffey zog sich von ihr zurück, und ich sah, daß ihr Gesicht entspannt war. Die rechte Seite ihres Mundes hing nicht mehr hinab. Die Augen hatten wieder die normale Form, und sie wirkte zehn Jahre jünger. Er betrachtete sie sekundenlang hingerissen, und dann begann er zu husten. Er wandte den Kopf zur Seite, damit er ihr nicht ins Gesicht hustete, verlor das Gleichgewicht (was leicht zu verstehen war; so groß und schwer, wie er war, hatte er nur mit einer Backe auf der Bettkante gesessen) und ging zu

Boden. Es gab genug von ihm, um das Haus ein drittes Mal erbeben zu lassen. Er landete auf den Knien und hustete mit gesenktem Kopf wie ein Mann im letzten Stadium von Tuberkulose.

Ich dachte: *Jetzt die Insekten. Er wird sie aushusten, und wie viele werden das diesmal sein!*

Aber das tat er nicht. Er hustete nur weiter; es war ein würgendes Bellen, und er fand zwischen den Hustenanfällen kaum Zeit für den nächsten Atemzug. Seine schokoladenbraune Haut wurde grau. Alarmiert ging Brutal zu ihm, ließ sich neben ihm auf ein Knie sinken und legte einen Arm um seinen breiten, zuckenden Rücken. Als ob Brutals Bewegung den Bann gebrochen hätte, ging Moores zum Bett seiner Frau und setzte sich dorthin, wo Coffey gesessen hatte. Er nahm die Anwesenheit des hustenden, würgenden Riesen anscheinend überhaupt nicht wahr. Obwohl Coffey zu seinen Füßen kniete, hatte Moores nur Augen für seine Frau, die ihn mit klaren Augen erstaunt anschaute. Sie anzuschauen war, wie in einen Spiegel zu sehen, der zuvor verschmutzt und jetzt saubergewischt war.

»John!« rief Brutal. »Stoß es aus! Stoß es aus, wie du es schon mal getan hast!«

John bellte weiter diesen würgenden Husten. Seine Augen waren feucht, doch nicht von Tränen, sondern von der Anstrengung. Speichel flog in feinem Spray von seinem Mund, aber sonst kam nichts heraus.

Brutal schlug ihm ein paarmal auf den Rücken und blickte dann über die Schulter zu mir. »Er erstickt! Was auch immer er aus ihr herausgesaugt hat, er erstickt daran!«

Ich eilte zu ihm. Bevor ich zwei Schritte

zurückgelegt hatte, rutschte John auf den Knien von mir fort in die Ecke des Schlafzimmers, und er hustete immer noch entsetzlich und rang um jeden Atemzug. Er lehnte die Stirn gegen die Tapete – wilde rote Rosen, die sich an einer Gartenmauer hochrankten – und stieß einen grauenhaften, tiefen Laut aus, als versuche er, seine eigene Kehle zu erbrechen. Ich erinnere mich, daß ich dachte, das wird die Insekten herausbringen, wenn irgend etwas das überhaupt bewirken kann, doch es gab nichts zu sehen. Aber sein Hustenanfall beruhigte sich anscheinend ein bißchen.

»Alles in Ordnung, Boß«, sagte er, immer noch mit der Stirn an der Tapete mit den wilden Rosen. Seine Augen blieben geschlossen. Ich bin mir nicht sicher, woher er wußte, daß ich da war, aber er wußte es eindeutig. »Ehrlich, es ist alles in Ordnung mit mir. Kümmern Sie sich um die Lady.«

Ich blickte ihn zweifelnd an und wandte mich dann zum Bett. Hal streichelte Melly über die Stirn, und ich sah darüber etwas Erstaunliches: Etwas von dem Haar – nicht sehr viel, aber etwas – war wieder schwarz geworden.

»Was ist geschehen?« fragte Melinda ihren Mann. Während ich sie anschaute, bekamen ihre Wangen eine rötliche Farbe. Es war, als hätte sie ein Paar Rosen aus der Tapete gestohlen. »Wie komme ich hierher? Wir wollten doch rauf zum Krankenhaus in Indianola, nicht wahr? Ein Arzt wollte Röntgenstrahlen in meinen Kopf schießen und Bilder von meinem Gehirn machen.«

»Pst«, sagte Hal. »Pst, Liebste, das ist alles nicht mehr wichtig.«

»Aber ich *verstehe* das nicht!« Sie klang fast weinerlich. »Wir haben an einem Blumenstand an der Straße angehalten, du hast mir einen Strauß Mohnblumen gekauft ... und dann ... bin ich hier. Es ist dunkel! Hast du zu Abend gegessen, Hal? Warum bin ich im Gästezimmer? Bin ich geröntgt worden?«

Ihr Blick schweifte über Harry hinweg, fast ohne ihn wahrzunehmen – das war der Schock, nehme ich an –, und heftete sich auf mich. »Paul? Bin ich geröntgt worden?«

»Ja«, sagte ich. »Alles in Ordnung.«

»Haben sie keinen Tumor gefunden?«

»Nein, sie haben keinen gefunden«, sagte ich. »Sie sagen, die Kopfschmerzen werden jetzt wahrscheinlich aufhören.«

Neben ihr brach Hal in Tränen aus.

Sie neigte sich vor und küßte seine Schläfe. Dann schweifte ihr Blick in die Ecke. »Wer ist dieser Neger? Warum ist er in der Ecke?«

Ich wandte den Kopf und sah, daß John versuchte, auf die Füße zu kommen. Brutal half ihm, und John schaffte es mit einem letzten Ruck. Er stand mit dem Gesicht zur Wand wie ein Kind, das böse gewesen war. Er hustete immer noch krampfhaft, aber die Krämpfe schienen sich abgeschwächt zu haben.

»John«, sagte ich. »Dreh dich um, großer Junge, und sieh dir diese Lady an.«

Er wandte sich langsam um. Sein Gesicht hatte immer noch die Farbe von Asche, und er wirkte zehn Jahre älter, wie ein einst kräftiger Mann, der schließlich einen langen Kampf gegen die Schwindsucht verloren hat. Johns Blick war auf seine Gefängnispantoffeln gesenkt, und er wirkte, als wünschte er sich einen Hut, den er in den Händen drehen könnte.

»Wer sind Sie?« fragte Melinda. »Wie heißen Sie?«

»John Coffey, Ma'am«, antwortete er, worauf sie sofort erwiderte: »Aber anders geschrieben als das Getränk.«

Hal schreckte neben ihr zusammen. Sie spürte es und tätschelte beruhigend seine Hand, ohne den Blick von dem schwarzen Mann zu nehmen.

»Ich habe von Ihnen geträumt«, sagte sie mit leiser, erstaunt klingender Stimme. »Ich träumte, Sie wanderten in der Dunkelheit, und ich ebenfalls. Und wir fanden einander.«

John Coffey sagte nichts.

»Wir fanden einander in der Dunkelheit«, sagte sie. »Steh auf, Hal, du quetschst mich hier fest.«

Hal erhob sich und beobachtete ungläubig, wie sie die Tagesdecke zur Seite schlug.

»Melly, du kannst nicht . . .«

»Sei nicht albern«, sagte sie und schwang die Beine aus dem Bett. »Selbstverständlich kann ich.«

Sie strich ihr Nachthemd glatt, reckte sich und stand auf.

»Mein Gott«, wisperte Hal. »Lieber Gott im Himmel, sieh dir das an.«

Sie ging zu John Coffey. Brutal trat etwas zur Seite, von Ehrfurcht ergriffen. Sie humpelte beim ersten Schritt, beim zweiten zog sie das rechte Bein nur etwas nach, und dann war selbst dieses leichte Hinken verschwunden. Ich erinnerte mich, wie Brutal die bunte Spule an Delacroix gegeben und gesagt hatte: »Wirf sie – ich will sehen, wie die Maus laufen kann.« Mr. Jingles hatte zu diesem Zeitpunkt noch gehumpelt, aber in der nächsten Nacht, in der Nacht, in der Del über die Green Mile zum elektrischen Stuhl ging, war wieder alles mit ihm in Ordnung gewesen.

Melly umarmte John. Coffey stand einen Moment lang da, ließ sich umarmen, und dann hob er langsam eine Hand und streichelte über ihren Kopf.

Das tat er mit unendlicher Sanftheit. Sein Gesicht war immer noch grau. Ich fand, er sah schrecklich krank aus.

Sie trat von ihm fort, schaute zu ihm auf und sagte: »Danke.«

»Gern geschehen, Ma'am.«

Sie wandte sich Hal zu und ging zu ihm zurück. Er legte den Arm um sie.

»Paul ...« Das war Harry. Er tippte auf seine Armbanduhr. Es ging auf drei Uhr zu. Um halb fünf würde es hell werden. Wenn wir vorher Coffey nach Cold Mountain zurückbringen wollten, mußten wir bald aufbrechen. Und ich wollte ihn zurückbringen. Teils natürlich, weil unsere Chancen, ungestraft davonzukommen, schlechter wurden, je länger das hier dauerte. Aber ich wollte John auch an einem Ort haben, wo ich legitim einen Arzt für ihn rufen konnte, wenn es nötig war. Bei seinem Anblick war es vielleicht nötig.

Das Ehepaar Moores saß Arm in Arm auf der Bettkante. Ich spielte mit dem Gedanken, Hal auf ein privates Wort ins Wohnzimmer zu bitten, doch dann wurde mir klar, daß ich ihn bitten konnte, bis die Kühe heimkamen, und er trotzdem nicht von der Stelle weichen würde. Er war vielleicht in der Lage, den Blick von ihr zu nehmen – jedenfalls für ein paar Sekunden –, wenn die Sonne aufging, aber nicht jetzt.

»Hal«, sagte ich. »Wir müssen jetzt fahren.«

Er nickte, ohne mich anzusehen. Er war in die Betrachtung der Farbe ihrer Wangen, der natürlichen, unverzerrten Linie ihrer Lippen und des neuen schwarzen Haars vertieft.

Ich klopfte ihm auf die Schulter, hart genug, um wenigstens für einen Moment seine Aufmerksamkeit zu erhalten.

»Hal, wir waren niemals hier.«

»Was . . . ?«

»Wir waren niemals hier«, wiederholte ich. »Wir werden später miteinander reden, aber im Augenblick ist das alles, was Sie wissen müssen. Wir waren nie hier.«

»Ja, in Ordnung . . . .« Er zwang sich, mich kurz anzusehen, aber es kostete ihn sichtlich Mühe, den Blick von seiner Frau loszureißen. »Ihr habt ihn rausgebracht. Könnt ihr ihn auch wieder reinbringen?«

»Ich glaube ja. Vielleicht. Aber wir müssen fahren.«

»Woher wußten Sie, daß er das tun kann, Paul?« Dann schüttelte er den Kopf, als ihm klar wurde, daß dies nicht der richtige Zeitpunkt zum Reden war. »Paul . . . danke.«

»Danken Sie nicht mir«, sagte ich. »Danken Sie John.«

Er schaute zu John Coffey und streckte ihm die Hand hin – genau wie ich es an dem Tag getan hatte, an dem Harry und Percy ihn in den Block gebracht hatten. »Danke. Vielen Dank.«

John sah auf die Hand. Brutal stieß ihm nicht

sehr feinfühlig den Ellenbogen in die Seite. John zuckte zusammen, ergriff die Hand und schüttelte sie. Auf und ab, wieder zur Mitte, loslassen. »Keine Ursache«, sagte er mit heiserer Stimme. Die Stimme klang für mich wie vorhin die von Melly, als sie in die Hände geklatscht und John aufgefordert hatte, die Hosen runterzulassen. »Keine Ursache«, sagte John und schüttelte dem Mann die Hand, der beim normalen Ablauf der Dinge mit dieser Hand John Coffeys Hinrichtungsbefehl unterzeichnen würde.

Harry tippte wieder demonstrativ auf seine Armbanduhr, diesmal noch drängender.

»Brutus?« sagte ich. »Bereit?«

»Hallo, Brutus«, sagte Melinda fröhlich, als bemerke sie ihn zum erstenmal. »Schön, Sie zu sehen. Möchten die Gentlemen einen Tee? Möchtest du Tee, Hal? Ich kann welchen machen.« Sie erhob sich wieder. »Ich war krank, aber jetzt fühle ich mich prima. Besser als seit Jahren.«

»Danke, Mrs. Moores, aber wir müssen jetzt gehen«, sagte Brutal.

»John muß ins Bett.« Er lächelte, um zu zeigen, daß es ein Scherz war, aber sein Blick auf John war so besorgt, wie ich mich fühlte.

»Nun, wenn Sie wirklich gehen müssen . . .«

»Ja, Ma'am. Komm, John Coffey.« Brutal zupfte an Johns Arm, und John ging.

»Einen Moment noch!« Melinda entzog sich Hals Hand und lief so leichtfüßig wie ein Mädchen zu John. Sie legte die Arme um ihn und herzte ihn noch einmal. Dann griff sie an ihren Nacken und hakte eine dünne Kette auf. An der Kette hing ein silbernes Medaillon. Sie hielt es John hin, der verständnislos darauf schaute.

»Das ist der Heilige Christophorus«, sagte sie. »Ich möchte, daß Sie das Medaillon nehmen und tragen, Mr. Coffey. Er wird Sie beschützen. Bitte, tragen Sie es. Für mich.«

John blickte unschlüssig zu mir, und ich schaute zu Hal, der erst die Hände ausbreitete und dann nickte.

»Nimm es, John«, sagte ich. »Es ist ein Geschenk.« John nahm die Kette mit dem Medaillon, schlang die Kette um seinen Stiernacken und steckte das Christophorus-Medaillon in die Tasche im Latz seines Overalls. Das Husten hatte jetzt völlig aufgehört, aber ich fand, daß er grauer und kränker denn je aussah. »Danke, Ma'am«, sagte er.

»Nein«, erwiderte sie. *»Ich* danke *Ihnen,* John Coffey.«

9

Ich fuhr auf der Rückfahrt mit Harry im Führerhaus, und ich war verdammt froh darüber. Die Heizung war defekt, aber wir waren wenigstens nicht an der kalten Luft hinten auf dem Truck. Nach ungefähr zehn Meilen entdeckte Harry eine kleine Ausweichstelle und lenkte den Truck darauf.

»Was ist los?« fragte ich. »Ist was kaputt?« Meiner Ansicht nach konnte nur dies das Problem sein; jedes Teil von Motor und Getriebe des Farmalls klang am Rande der Erschöpfung oder als würde es bald den Geist aufgeben.

»Nee«, sagte Harry entschuldigend. »Ich muß mal pinkeln, das ist alles.«

Es stellte sich heraus, daß wir das alle mußten – außer John. Als Brutal ihn fragte, ob er absteigen und uns beim Bewässern der Büsche helfen wollte, schüttelte er nur den Kopf, ohne aufzublicken. Er lehnte an der Rückseite des Führerhauses und hatte sich eine der Decken über die Schultern gehängt wie einen Umhang. Ich konnte nichts von seiner Miene sehen, aber ich hörte sein trockenes, rasselndes Atmen. Es klang wie der Wind, der durchs Stroh pfeift. Es gefiel mir nicht.

Ich ging zwischen eine Gruppe Weiden, knöpfte die Hose auf und ließ das Wasser laufen. Es war noch nicht so lange her mit meiner Blaseninfektion, daß der Gedächtnisverlust meines Körpers voll eingesetzt hatte, und ich war einfach dankbar, daß ich pinkeln konnte, ohne schreien zu müssen. Ich stand dort, erleichterte meine Blase und schaute zum Mond empor. Ich nahm kaum wahr, daß Brutal neben mir stand und das gleiche tat, bis er mit leiser Stimme sagte: »Er wird nie auf Old Sparky sitzen.«

Ich schaute zu ihm, überrascht und ein wenig bestürzt über die Gewißheit in seiner Stimme. »Was meinst du damit?«

»Ich meine, er hat dieses Zeug geschluckt, anstatt es auszuspucken wie zuvor, was ja einen Grund gehabt haben muß. Es dauert vielleicht eine Woche – er ist ja groß und stark –, aber ich wette, es geht schneller. Einer von uns wird seinen Kontrollgang machen, und dann wird John tot wie ein Stein auf seiner Pritsche liegen.«

Ich hatte gedacht, ich hätte zu Ende gepinkelt,

aber bei diesen Worten lief mir ein Schauer über den Rücken, und es spritzte noch etwas mehr heraus. Als ich meine Hose zuknöpfte, sagte ich mir, daß Brutals Worte einen perfekten Sinn ergaben. Und ich hoffte – alles in allem –, daß er recht hatte. John Coffey verdiente überhaupt nicht, sterben zu müssen, wenn ich mit meiner Theorie über die Detterick-Mädchen recht hatte, aber wenn er starb, dann wollte ich nicht, daß er durch meine Hand starb. Ich war mir nicht sicher, ob ich meine Hand heben konnte, wenn es soweit war.

»Komm schon«, murmelte Harry aus der Dunkelheit. »Es wird spät. Laßt uns das hinter uns bringen.«

Als wir zum Truck zurückgingen, erkannte ich, daß wir John völlig allein zurückgelassen hatten – Blödheit auf dem Niveau von Percy Wetmore. Ich dachte, er würde fort sein; er hätte die Insekten ausgespuckt, als er unbewacht war, und hätte sich davongemacht wie Huck und Jim auf dem Big Muddy. Ich dachte, wir würden nur die Decke finden, die er sich um die Schultern gehängt hatte.

Aber er war da, saß immer noch mit dem Rücken an das Führerhaus gelehnt und stützte die Unterarme auf die Knie. Als er unser Nahen hörte, blickte er auf und schenkte uns ein Lächeln. Das heißt, er versuchte es, die Andeutung war kurz auf seinem eingefallenen Gesicht zu sehen und verschwand dann.

»Wie geht es dir, Big John?« fragte Brutal, stieg hinten auf den Truck und nahm seine eigene Decke.

»Prima, Boß«, sagte John matt. »Prima.«

Brutal tätschelte Johns Knie. »Wir werden bald zurück sein. Und weißt du was? Dann sorge ich dafür, daß du einen großen Becher mit heißem Kaffee bekommst. Mit Zucker und Milch.«

Und ob, dachte ich, als ich zur Beifahrerseite ging und einstieg. Wenn wir nicht festgenommen und selbst hinter Gitter gesteckt werden.

Aber ich hatte mit diesem Gedanken gelebt, seit wir Percy in die Gummizelle gesperrt hatten, und deshalb beunruhigte er mich nicht genug, um mich wachzuhalten. Ich döste ein und träumte von Calvary Hill. Donner im Westen und ein Geruch, der vielleicht von Wacholderbeeren stammte. Brutal, Harry, Dean und ich standen in Rüstungen und mit Helmen wie in einem Film von Cecil B. DeMille. Wir waren Zenturionen, nehme ich an. Da waren drei Kreuze, an denen Männer hingen. Percy Wetmore und Eduard Delacroix flankierten John Coffey. Ich schaute auf meine Hand und sah, daß ich einen blutigen Hammer hielt.

Wir müssen ihn von dort runterholen, Paul! schrie Brutal. *Wir müssen ihn runterholen!*

Das konnten wir jedoch nicht, denn die Trittleiter war entfernt worden. Ich wollte das Brutal sagen, und dann weckte mich ein besonders starkes Rütteln des Trucks. Wir fuhren rückwärts zu der Stelle, wo Harry den Truck vor unserer Fahrt versteckt hatte, ein Tag, der schon so weit wie der Anbeginn der Zeit zurückzureichen schien.

Wir beide stiegen aus und gingen zum Heck. Brutal sprang behende herunter, aber John Coffeys Knie gaben nach, und er stürzte fast. Wir drei fingen ihn auf, und er stand noch nicht wieder fest auf den Füßen, als er einen Hustenanfall bekam, den bisher schlimmsten. Er krümmte sich, und der stoßweise Husten wurde durch seine Hände gedämpft, die er vor den Mund preßte.

Als ob er etwas zurückzuhalten versuchte. Ich dachte, daß er genau das tat. Jetzt, wenn ich nach all den Jahren an diese Nacht zurückdenke, kann ich nur den Kopf schütteln und mich verwundert fragen, wie wir so recht haben und uns gleichzeitig so sehr irren konnten.

Als der Husten nachließ, tarnten wir die Schnauze des Trucks wieder mit den Kiefernzweigen und gingen auf dem Weg zurück, den wir gekommen waren. Der schlimmste Teil dieses ganzen unwirklichen Ausflugs – für mich jedenfalls – waren die letzten zweihundert Yard, auf denen wir am Highway entlang südwärts schlichen. Ich konnte das erste schwache Licht am Himmel im Osten sehen (oder glaubte es jedenfalls), und ich war überzeugt, daß irgendein Farmer, ein Frühaufsteher, der seine Kürbisse ernten wollte, vorbeikommen und uns sehen würde. Und selbst wenn das nicht passierte, würden wir jemanden rufen hören: *»Stehenbleiben, keine Bewegung!«* (in meiner Phantasie klang das nach Curtis Anderson), wenn ich das Schott aufschloß, das zum Tunnel führte. Und dann würden zwei Dutzend Wärter mit angelegten Karabinern aus dem Wald treten, und unser kleines Abenteuer würde vorüber sein.

Als wir tatsächlich beim Schott waren, hämmerte mein Herz so heftig, daß ich bei jedem Pulsschlag kleine weiße Pünktchen vor meinen Augen explodieren sah.

Meine Hände waren kalt und taub, und ich

fummelte lange herum, um den Schlüssel ins Schloß zu bekommen.

»O Gott, Scheinwerfer!« stöhnte Harry.

Ich blickte auf und sah helle Lichtbahnen auf der Straße. Mir fiel fast der Schlüsselbund aus der Hand; ich schaffte es in letzter Sekunde, ihn festzuhalten.

»Gib sie mir«, sagte Brutal. »Ich mache das.«

»Nein, ich hab's schon.« Endlich rutschte der Schlüssel ins Schloß, und ich drehte ihn. Einen Augenblick später waren wir drinnen. Wir duckten uns hinter die Stahltür und beobachteten, daß ein Transporter der Firma Sunshine Bread am Gefängnis vorbeibrauste. Neben mir hörte ich John Coffeys gequältes Atmen. Es klang wie ein Motor, dem das Öl fast ausgegangen ist. Er hatte auf dem Hinweg das Tor des Tunnels mühelos geöffnet, aber diesmal baten wir ihn nicht um Hilfe; das kam nicht in Frage. Brutal und ich bekamen die Tür auf, und Harry führte John die Treppe hinunter. Der große Mann wankte, aber er gelangte hinunter. Brutal und ich folgten ihm, so schnell wir konnten, zogen das Tor hinter uns zu und schlossen es ab.

»Mensch, ich glaube, wir haben es ...«, begann Brutal frohlockend, aber ich stoppte ihn, indem ich ihm den Ellenbogen in die Rippen stieß.

»Sag es nicht«, warnte ich. »Denk es nicht mal, bis er sicher in seiner Zelle zurück ist.«

»Und wir müssen an Percy denken«, sagte Harry. Wir sprachen gedämpft, doch unsere Stimmen hallten dumpf von den Backsteinwänden des Tunnels wider. »Die Nacht ist noch nicht vorüber, solange wir mit dem Problem Percy zu kämpfen haben.«

Wie sich herausstellte, war unsere Nacht noch längst nicht vorüber …, und das Problem Percy Wetmore war sowohl leichter als auch schwerer zu lösen, als wir dachten.

SCHLUSS FOLGT

STEPHEN KING BEI BASTEI-LÜBBE

Band 13 121

BASTEI LÜBBE